LeFloid
mit Tommy Krappweis

Willkommen im Real Life

LeFloid

mit Tommy Krappweis

Willkommen im Real Life

Mein Leben zwischen Freunden, Fakes und Fakten

PIPER

Mehr über unsere Autoren und Bücher:
www.piper.de

FSC
www.fsc.org
MIX
Papier aus verantwortungsvollen Quellen
FSC® C083411

ISBN 978-3-492-06134-6
Originalausgabe

Satz: Uhl & Massopust, Aalen
Gesetzt aus der Athelas
Druck und Bindung: CPI books GmbH, Leck
Printed in Germany

EINLEITUNG

Ich bin ein glücklicher Schweinehund. Das muss man ganz einfach mal so sagen. Viele Dinge, die ich im Leben erreichen wollte, habe ich schon geschafft: Ich bin mein eigener Chef, durfte unglaublich viel reisen und habe irgendwann auch gelernt, mich selber ganz okay zu finden. Außerdem schaffe ich mit Anfang dreißig immer noch einen Heelflip auf dem Skateboard, ohne dabei Material für ein Fail-Video abzuliefern. Das alles macht mich unglaublich froh und dankbar und ich bete jeden Abend zum fliegenden Spaghettimonster, dass das auch so bleibt.

Aber eine Sache habe mich erst jetzt getraut, weil ich bislang immer zu viel Ehrfurcht davor hatte: ein Buch über mich selbst zu schreiben. Dazu musste ich von meinem Freund, Geschäftspartner und Manager Boris mit sanfter Gewalt überredet werden. Er hatte die Idee, dass sein Kumpel, der Autor, Comedian und Filmemacher Tommy Krappweis und ich dieses Buch zusammen machen könnten. Tommy kannte ich bereits – allerdings nicht persönlich, sondern als Comedian bei RTL Samstag Nacht und als geistigen Vater von Bernd das Brot. Zumindest hoffe ich, dass er nur der geistige Vater und nicht der leibliche Vater von Bernd das Brot ist, aber das klären wir vielleicht mal in einem anderen Buch …

Beim ersten Treffen war sofort klar, dass Tommy und ich komplett auf einer Wellenlänge liegen. Wir haben den gleichen bescheuerten Humor, für uns ist die Gamescom die geilste Zeit im Jahr und in unseren Köpfen kreisen die weirdesten Gedanken. Deshalb haben wir uns einen Raum, zwei Stühle, drei Kameras und tausend Packungen Gummibärchen geschnappt und geredet, geredet, geredet.

Tommy ist zwar »Ich glaube nicht, dass es jemals ein grafisch beeindruckenderes Spiel als Wing Commander geben wird«-Jahre alt und mir deshalb haushoch überlegen, wenn es um Lebenserfahrung geht. Grade deshalb war er aber so ein großartiger Gesprächspartner. Immer wieder hat er neugierig nachgefragt und unerbittlich nachgebohrt, wenn er bei seinen oft persönlichen Fragen gespürt hat, dass er auf der richtigen Fährte ist. Das war hin und wieder ziemlich hart, aber gerade dadurch bin ich zu Erkenntnissen über mich selbst gekommen, die ansonsten hinter meiner mit Stacheldraht bewehrten Schutzmauer verborgen geblieben wären.

Mir ist in diesen Gesprächen erst so richtig bewusst geworden, wie sehr mein bisheriger Lebensweg von unzähligen Kurven, Sackgassen und Umwegen geprägt wurde. Ich hatte ein Leben vor YouTube, ich hab eins online, eins offline und dann gibt's da noch den Typen, den ihr aus den Videos kennt. Deshalb kommt auf den folgenden Seiten mal LeFloid, mal Florian Mundt und mal Flo zu Wort. Das klingt nach Mindfuck Deluxe und das ist es auch! Aber Tommy hat sich echt den Arsch aufgerissen und meine Gedanken sortiert, mit kurzen Intros versehen und kommentiert – und darum lass ich euch das jetzt lesen.

Also, kommt rein in meinen Kopf, es ist eigentlich ganz schön da drin. Und vielleicht findet ihr in meiner Birne auch ein paar Sachen, die euch in eurem eigenen Leben weiterhelfen.

Euer Florian Mundt

#seinodernichtsein

#authentisch

#meinung

#memphismafia

#schule

#ruleofspiderman

#influencer

#graustufen

#notsobreitband

#clickme

#luxus

#erschöpfung

#erfolg

#psycho

#copyrights

#öffentlichrechtliche

#netzliebe

ES IST IMMER schwierig, zu erklären, wer und wie man selbst so ist. Das überlässt man lieber anderen Leuten. Während die über einen reden, sitzt man dann daneben, nickt ab und zu oder schüttelt den Kopf und verdreht genervt die Augen. Um rauszufinden, wie sich jemand selbst sieht, fragt man ihn zum Einstieg besser andersherum.

LeFloid, was bist du definitiv nicht?

In Artikeln über mich steht unter dem Foto meistens: »LeFloid, alias Florian Mundt, macht Nachrichten für Jugendliche auf YouTube«.

Das ist hübsch, kurz, knackig, prägnant ... und falsch. Wenn ich etwas definitiv nicht bin, dann Nachrichtensprecher.

Mir ist natürlich schon klar, woher das kommt: Wenn du als YouTuber in der Lage bist, dich halbwegs vernünftig zu artikulieren, fällst du für viele Menschen schon mal aus der Reihe. Für Leute, die *mit diesem Internetz* nix am Hut haben, sind YouTuber halbhirnige Kiddies, die Spültabs fressen, naiven Teenies Ramsch verkaufen, sich gegenseitig Fürze anzünden und dabei irgendwas Unverständliches brüllen.

Spricht man aber in ganzen Sätzen, die auch noch Sinn ergeben – und das, ohne währenddessen im IKEA eingesperrt zu sein –, dann ist die Überraschung groß: »Oh, guck mal, das kann ja reden! Und irgendwas mit News? Verrückt, das is ein Nachrichtensprecher-YouTuber! Guck ma, die Augenringe, hihi!«

Nun bin ich bestimmt alles Mögliche – aber kein Nachrichtensprecher. Ich bin auch kein Infoportal, kein Newsfeed und auch keine Satzbausteinschleuder der großen Nachrichtenagenturen. Stattdessen würde ich das, was ich tue, so beschreiben: Alles, was du in den letzten drei Tagen zu diesem Thema gehört hast, reflektiere auf meinem Kanal noch mal. Aber Achtung, ich habe dazu eine Meinung, die sich vielleicht von dem unterscheidet, was du bisher dazu gesehen oder gelesen hast. Und ich will wissen: *Was sagst du dazu?*

Denn unter meinen Clips kann man Kommentare hinterlassen, auf die ich täglich viel Zeit verwende. Ich lese, was ihr sagt, denke darüber nach und schreibe zurück. Außerdem gibt es da ja noch die Community, die untereinander diskutiert und so einiges beizutragen hat. Und da kann es dann auch mal passieren, dass ich nicht recht behalte; oder dass sich meine Meinung zu einem Thema ändert, weil mich jemand mit seinen Argumenten überzeugt hat. Und wenn das so ist, dann sag ich das auch laut.

Klar haben auch Nachrichtensprecher eine Meinung, aber es geht bei den Tagesthemen nicht um Gesprächsangebote, sondern um möglichst neutral präsentierte Infos. So soll das ja auch sein. Bei mir dreht sich's aber um das, was *danach* kommt. Was machst du mit der Info? Was sagst du dazu?

Siehst du dich als eine Art »moralische Instanz«?

Nein, ich will keine moralische Instanz sein. Wirklich nicht. Das klingt nach erhobenem Zeigefinger, und solche Typen haben mich schon immer genervt. Klar, auch ich halte meine Grundhaltung für nicht ganz falsch: *Leben und leben lassen.* Und natürlich schwingt da oft auch Moral mit, vor allem, wenn es um Themen geht, denen man meiner Überzeugung nach mit Toleranz begegnen muss. Okay, *Leben und leben lassen* – das klingt jetzt fast ein wenig carpe-diem-instagram-fotospruch-simpel … aber hey, irgendwie ist es ja auch ganz einfach. *Leben und leben lassen.* So, fettich!

Richtig schwierig wird es allerdings dann, wenn man in die Details geht. Wie weit reicht meine Toleranz bei Intoleranz? Nehme ich Rücksicht auf Menschen, die sich rücksichtslos verhalten? Wie soll ich Meinungen akzeptieren und hinnehmen, die anderen schaden? Auch darüber müssen wir immer und immer wieder diskutieren, denn das ist jedes Mal anders, neu, aktuell und wichtig. Diese Unterschiede möchte ich herausarbeiten, denn okay, ich fasse das jetzt mal zusammen: Ich will keine *Denkanleitung* sein. Viel lieber bin ich *Denkanstoß.*

#seinodernichtsein

#authentisch

#meinung

#memphismafia

#schule

#ruleofspiderman

#influencer

#graustufen

#notsobreitband

#clickme

#luxus

#erschöpfung

#erfolg

#psycho

#copyrights

#öffentlichrechtliche

#netzliebe

DAS WAR NUN LeFloid, der hier gesprochen hat. Doch was denkt Florian Mundt, der Mann dahinter, eigentlich so? Dass die Grenzen zwischen Person und Persona fließend sind, ist erst mal völlig logisch, denn genau das macht die Authentizität vieler YouTube-Persönlichkeiten aus. Trotzdem – oder gerade deswegen – gilt die nächste Frage ausdrücklich Florian Mundt:

00:30 / 28:47

Was willst du nicht sein, Florian Mundt?

Vieles von dem, was ich nicht sein möchte, habe ich schon hinter mir. Und durch diese Erfahrungen erst gelernt, was genau ich nicht sein möchte. Zum Beispiel will ich kein Wendehals sein. Ein schönes, altes Wort – aber das trifft's. Dazu muss ich ausholen: Ich bin als Kind verdammt oft umgezogen und war auf ziemlich vielen verschiedenen Schulen. Daran war ich nicht ganz unschuldig, aber ich bin auch oft umgezogen worden und konnte mir nicht immer aussuchen, ob ich an der Schule bleiben wollte oder nicht. Jetzt mal vorsichtig formuliert.

Du bist öfter rausgeflogen?

Hm, ja, so kann man das auch ausdrücken. Ich kam nach der vierten Klasse aufs Gymnasium, dann wechselte ich vor der achten Klasse nach einem Umzug die Schule, dann noch einmal nach der Achten, die musste ich dann auch noch wiederholen… Ich war also immer wieder der Neue in der Schule, der strange Typ, den keiner kannte, und oft auf mich allein gestellt. Da ich das hasste, habe ich schnell gelernt, wie man sich assimiliert. Ich hatte immer sofort raus, wer in der »schulischen Gesellschaft« welchen Stellenwert hatte, wie ich mich zu integrieren, was ich zu tun und zu lassen hatte, um akzeptiert und respektiert zu werden. Und diese Fähigkeit hab' ich dann genutzt, um meinen Platz zu finden. Ich hatte also nie Probleme, Freunde zu finden. Das Problem war vielmehr das, was dieses ständige Auschecken, Adaptieren und Anpassen mit mir gemacht hat.

Der jugendliche Flo hat eine ganze Weile gebraucht, bis er überhaupt reflektiert hat, warum er sich immer so »off« fühlte, obwohl er doch immer mittendrin im Geschehen war. Irgendwann habe ich dann verstanden, dass ich mir eben nicht täglich eine Maske aufsetzen will. Ich hatte einfach keinen Bock mehr, dauernd so zu tun, als wäre ich jemand anderes. Und mir wurde klar, dass mir das, was wir im »Freundeskreis« so angestellt haben, überhaupt nicht guttat. Ich war eben ein »Wendehals« geworden, der bei jedem Scheiß dabei war, obwohl ich es im Grunde nicht richtig fand. Wer ich eigentlich war und was ich wirklich dachte, das wusste keiner. Das war ein einschneidender Moment in meinem Leben – diese Selbsterkenntnis: So will ich nicht sein. Und dem bin ich seitdem treu geblieben – auch wenn das bedeutet, dass ich mit einer Entscheidung durchaus mal alleine dastehe.

Klar, Freunde sind mir wichtig, aber nicht um jeden Preis. Wer mich so nicht will, wie ich bin, der soll sich jemand anders suchen. Ich werde mich nie wieder für einen Haufen Leute verbiegen, nur um dazuzugehören. Und mir geht's verdammt gut damit.

#seinodernichtsein

#authentisch

#meinung

#memphismafia

#schule

#ruleofspiderman

#influencer

#graustufen

#notsobreitband

#clickme

#luxus

#erschöpfung

#erfolg

#psycho

#copyrights

#öffentlichrechtliche

#netzliebe

WÄRE DIESES BUCH ein Soundtrack, dann wäre der Begriff »Meinung« das Main Theme. Flo kommt immer wieder darauf zurück, wie wichtig es ihm ist, dass sich die Menschen untereinander austauschen – und wie komplex dieser im Grunde simple Wunsch ist, sobald man ins Detail geht.

Warum bezeichnest du dich selbst als Meinungsfetischisten?

Weil ich einer bin. Perspektivensammler, Diskussionsjunkie, Debattenfreak – wie auch immer du das beschreiben willst. Aber mir geht's nicht darum, dass sich alle in die Haare kriegen, bis der Lauteste gewinnt. Das wäre im Zweifel sowieso immer ich, denn auf meinem Kanal hab' ich die Macht von Castle Grayskull. Mir geht's aber auch nicht ums Gewinnen oder um didaktisches Vermitteln von Fakten im Frontalunterricht, sondern um Meinungsbildung durch Austausch. Und wenn am Ende dann auch noch ein Fazit rauskommt, mit dem wir alle leben können, dann ist das die Kür.

Um das alles auf die Kette zu kriegen, braucht es aber

zunächst mal eine Sache, die mir extrem wichtig ist. Du hast ja vorhin nach der »moralischen Instanz« gefragt, und ich habe deutlich gesagt, dass ich mich nicht so sehe. Aber weil Ausnahmen zum Leben gehören wie Curry zur Wurst, gibt es eben doch etwas, das ich tatsächlich predige: Mehr Toleranz. Betrachtet man den lateinischen Ursprung des Wortes, wird einem schnell klar, wo dabei der Haken ist: tolerare bedeutet nämlich aushalten oder ertragen. Ich muss es tatsächlich erst mal aushalten, dass jemand nicht meiner Meinung ist. Und erst, wenn ich das ertragen kann, dann kann ich auch diskutieren.

Also müssen wir uns zuallererst darauf einigen, dass jeder seine Meinung haben und die auch vertreten darf. Jeder darf sich ein Bild machen. Von allem. Und jeder darf das dann auch sagen. Nicht ohne Grund haben wir ein Recht auf freie Meinungsäußerung. Die Phrase »Das wird man wohl noch sagen dürfen« ist Schwachsinn.

Wer diese Floskel verwendet, hat meistens nicht das Problem, dass er etwas nicht sagen darf, sondern dass er etwas auf eine bestimmte Art nicht sagen darf. Zum Beispiel, weil er damit andere beleidigt, herabwürdigt oder deren Rechte verletzt. Gerade Neonazis muss man immer wieder erklären: Das Recht auf freie Meinungsäußerung ist kein Recht auf ignorantes Arschlochtum.

Und wenn das geklärt ist, dann können wir diskutieren, Wissen austauschen, Fakten abgleichen, Emotionen abholen und so hoffentlich irgendwann einen Konsens herstellen.

Das klingt einfach und komplex zugleich.

Na klar, es ist auch für mich in der Praxis immer wieder eine Herausforderung. Mal ganz ehrlich, man sagt doch am Anfang immer erst mal gerne: »Komm, lass mal deine Meinung hören, und wir diskutieren sachlich darüber.«

Dann kommt aber das erste Statement, und du willst dich nur noch erbrechen: »Würg, okay, verpiss dich.« So als würde man sagen: »Also, deine Meinung hab' ich mir jetzt aber echt ganz anders vorgestellt!«

Der Missbrauch der Meinungsfreiheit ist ja nicht nur bei Neonazis und solchen, die es werden wollen, zu beobachten. Auch meine Freunde mit dem Alu-Hut legen die Forderung nach »eigenständigem Denken« in ihrem Sinne aus: »Wach auf, Schlafschaf! Denk doch mal nach! Informier dich mal anhand von wahren Fakten!« Und wenn man dann auf ihre lustigen Links klickt, die wirren Videos anschaut und nachvollzieht, woher ihre »wahren Fakten« stammen, dann wird schnell klar, dass sich diese Art der Meinungsbildung von meiner Art der Meinungsbildung – vorsichtig gesagt – fundamental unterscheidet.

Und trotzdem bleibe ich dabei: Zu Beginn einer Diskussion müssen beide Haltungen gleichwertig behandelt werden. Ist man nach dem ersten Austausch sofort auf hundertachtzig und würde den anderen am liebsten quer durch die Kommentarspalte prügeln, muss man eben entscheiden, ob sich die Diskussion überhaupt lohnt. Eventuell kommt da letztlich nur noch mehr Geschwurbel, Hass und Getrolle dabei raus. Es ist völlig legitim, sich zu fragen: Besteht überhaupt die Chance, dass da ein Gespräch zustande kommen könnte?

Klar, das kann bisweilen auch auf eine Art erhellend, entlarvend oder gar unterhaltsam sein, keine Frage – es bringt uns aber nicht wirklich weiter.

Also geht es dir auch darum, wo die Meinung herkommt?

Genau! Will man nur stattfinden, oder hat man eine wasserdichte Meinung? Hat man die Fakten auf seiner Seite oder nur eine halb gelesene Schlagzeile, die man beim Drüberscrollen nicht verstanden hat? Folgt man in den sozialen Medien einem Einflüsterer, der vor der Naziflagge oder einer Wand mit Fotos vom World Trade Center, der angeblich gefälschten Mondlandung, Reptiloiden und Obama als Satan steht?

Also reden wir von Meinung aufgrund von Fakten und Beweisen? Oder reden wir von Meinung durch Manipulation?

Bei dieser Frage bin ich radikal. Denn auch eine Meinung, die auf Manipulation beruht, ist zuerst mal eine Meinung. Die Frage ist vielmehr, wie es weitergeht.

In meiner täglichen Interaktion mit solchen Menschen brauche ich für diesen Grundrespekt eine Menge Nerven, die ich mir eigentlich für den restlichen Wahnsinn des Lebens aufsparen wollte.

Trotzdem möchte ich mich dafür starkmachen, nicht immer gleich die erste Ausfahrt zu nehmen, dem anderen noch schnell einen Gag hinzuknallen und sich dann zu verabschieden.

Klar, ich mag anderer Meinung sein, aber oft kann ich dann doch den Menschen hinter der konträren Haltung erkennen und sein eigentliches Anliegen verstehen. Und dann kann ich endlich sagen: Okay, und jetzt lass uns mal einen Konsens finden, mit dem es uns allen besser gehen könnte. Das sind dann die geilsten Momente in meinem komischen Job.

MEMPHIS MAFIA – so nannte man den inneren Kreis um Elvis Presley: Eine irre Mischung aus Familie, Freunden, Bodyguards, Doktoren, Köchen, Tieren und Jasagern. Wenn man so im Rampenlicht steht, wie das auch bei Flo der Fall ist, kann es irgendwann schwerfallen, neue Freundschaften zu schließen und alte zu erhalten. Wann mutiert der bestehende Freundeskreis zur Memphis Mafia?

Wie hältst du es mit Freunden, Feinden und Soldaten?

Boah, das ist ein ganz schwieriges Thema. Interessanterweise hatte ich darüber vor Kurzem mit meinem besten Freund eine lange Diskussion. Wir haben uns gefragt: Was ist wichtiger: Loyalität oder Ehrlichkeit?

Man denkt immer, beides ginge miteinander einher, aber das muss gar nicht so sein. Trump scheint es bei seinem Gefolge zum Beispiel kaum um Ehrlichkeit zu gehen. Dafür spricht er laufend von Loyalität. Für mich wirkt das so, als hätte er lieber willenlose loyale Zombies um sich als irgendwen, der ihm einen wirklich hilfreichen Rat geben könnte.

Also, so wichtig mir Loyalität auch ist, die Ehrlichkeit toppt es. Man darf und soll natürlich hinter dem stehen können, was man tut, als Freund, Partner, Kollege, und dennoch muss es in jeder Beziehung möglich sein, zu kritisieren, zu hinterfragen oder zu korrigieren. Das Schwierige daran ist – auch für mich persönlich –, dass man ein solches Umfeld erst mal schaffen muss, auch wenn es manchmal für einen selbst unbequem ist. Es hilft nichts, wenn ich sage: »Hey, sag mir alles, was du denkst«, und sobald dann mal Kritik kommt, werf' ich brüllend Fernseher aus dem Fenster und den Kumpel oder Mitarbeiter gleich hinterher.

Eine der größten Gefahren in meiner beruflichen Situation ist das, was ich »schleichenden Stillstand durch Unehrlichkeit« nenne. Im Grunde ist mein Angstszenario dasselbe wie im uralten Märchen »Des Kaisers neue Kleider«. Keiner sagt einem mehr die Wahrheit darüber, ob etwas kacke ist, oder ob man selbst scheiße ist – weil alle entweder Angst davor haben, es einem ins Gesicht zu sagen, oder weil sie sich um ihre eigenen Interessen sorgen. Und irgendwann glaubt man dann jeden noch so haarsträubenden Quatsch und denkt: »Hö, so geil. Ich bin so geil.«

Ich weiß es natürlich nicht sicher, aber ich kann mir gut vorstellen, dass das bei George Lucas an einem bestimmten Punkt so gewesen sein könnte. Anders kann ich mir das mit den Prequels zu »Star Wars« nicht erklären. Gab es da niemanden mehr, der laut gesagt hat: »Ähm ... George ... das is' jetzt vielleicht gar nicht soooo lustig mit diesem JarJar Binks, und magst du nicht vielleicht mal weniger Planeten zeigen und ein bisschen mehr die Protagonisten ...?« Und so ist er eben ein bisschen ausgetickt mit seinem Digitalfetisch, der Trade Federation, dem Lava-Videogame und so weiter. Wie gesagt, ob es wirklich stimmt, weiß ich nicht, das ist nur so eine Theorie von mir, aber sie passt auch auf Peter Jackson und den Hobbit oder die Matrix-Sequels. Je erfolgreicher du bist, desto mehr Menschen wollen an dir mitverdienen und desto weniger Leute sagen dir die Wahrheit.

Darum lege ich viel Wert auf mein privates Umfeld aus Freunden und Familie. Ganz vorne steht meine Frau. Die habe ich vor mittlerweile fast dreizehn Jahren kennengelernt – also lange bevor die YouTube-Gaudi ein Erfolg, geschweige denn ein monetärer Erfolg wurde. Das sind alles Leute, die ich schon lange kenne und die ehrlich zu mir sind.

Höre ich da raus, dass zu deinem engeren Kreis nicht so viele Leute dazugekommen sind, seit du erfolgreich bist?

Ich gebe zu, dass ich im Lauf der letzten Jahre vorsichtiger geworden bin. Auf jeden Fall sortiere ich die Menschen um mich herum noch mehr in Freunde und Kollegen. Außerdem gibt es da noch Bekannte, enge Freunde, logischerweise auch Mitarbeiter, Partner oder Leidensgenossen, die mir irgendwie nahe sind, weil sie das Gleiche erlebt haben wie ich, aber deswegen nicht zwangsläufig zu den besten Freunden werden.

Die Blase mit den Bekannten ist wahrscheinlich die größte. Direkt danach kommen Kollegen, mit denen man ein freundschaftliches Verhältnis hat. Die sind für bestimmte Dinge genau die richtigen Gesprächspartner, aber zu persönlich muss das für mich nicht werden. Ich würde mir da zum Beispiel eher keine Beziehungstipps oder Erziehungsratschläge abholen. Find ich aber auch gar nicht schlimm. Warum muss ich denn der beste Freund von jedem sein? Und ich weiß, dass das die meisten in meinem professionellen Umfeld genauso sehen.

»Die meisten« sind nicht alle …

Ja, klar. Wenn sich die persönliche Ebene mit der beruflichen vermischt, wird es manchmal ungemütlich. Zum Beispiel kommt dann so was wie: »Ey, du folgst mir nicht auf Twitter? Hast du ein Problem mit mir?« Ich muss dann immer erklären, dass ich gerade mal 149 Leuten auf Twitter folge. Und wenn ich ehrlich bin, interessieren mich von den 149 Leuten eigentlich nur 100. Wenn jemand interessante Dinge zu sagen hat oder ich gerne auf dem Laufenden gehalten werden will, dann folge ich der Person oder dem Organ auf Twitter. Sonst eben nicht. Nicht jeder, den ich sympathisch oder angenehm finde, haut mich automatisch auch mit seinen Tweets vom Stuhl. Jemandem bei Twitter, Instagram und Co. zu folgen ist kein Liebesbeweis. Die »Freundschaftsanfrage« auf Facebook ist zwar clever benannt, aber wir wissen doch alle, dass kaum jemand 4.899 echte Freunde hat.

#seinodernichtsein

#authentisch

#meinung

#memphismafia

#schule

#ruleofspiderman

#influencer

#graustufen

#notsobreitband

#clickme

#luxus

#erschöpfung

#erfolg

#psycho

#copyrights

#öffentlichrechtliche

#netzliebe

ES KLINGT IMMER wieder durch: Die Schulzeit war für Flo ein Kampf an mehreren Fronten – gegen Form und Formeln, Erwartungen und Pflichten genauso wie gegen manche Lehrer, Mitschüler oder eben gegen sich selbst.

Mit welchen drei Begriffen würdest du deine Schulzeit zusammenfassen?

Ich brauch nur zwei: Dummheit und Trotz. Damit meine ich aber nicht die Schulen, sondern mich. Beispielsweise stand bei mir in der zehnten Klasse im Fach »Kunst« auf dem Zeugnis eine 6, also wirklich null Punkte. Und zwar deswegen, weil ich das Werkstück, das am Jahresende abgegeben werden sollte und aus dem die Note generiert wurde, nicht abgegeben habe. Das zu tun war Dummheit. Nichts abzugeben, obwohl ich mein Werkstück fertig hatte, das war purer Trotz.

Ich hab das gemacht, weil ich es zum Kotzen fand, dass Kunst mit Noten bewertet wird. »Was bildet diese Lehrerin sich ein?«, dachte ich mir, und darum bin ich an dem Tag der Abgabe einfach nicht in die Schule gegangen. Ich finde es heute noch seltsam, dass in der Schule Kunst benotet wird. Andererseits ist mir natürlich schon klar, dass man sich auch in diesem Fach auf irgendwas einigen muss, was in einer Schulnote mündet, wenn man auf einer Schule ist, die mit Noten arbeitet. Man kann ja zumindest das technische Handwerkszeug bewerten.

Die Nummer, die ich damals abgezogen habe, zeigt aber ganz gut, wie ich so drauf war. Ich war so unfassbar abgefuckt von allem.

Dagegen sein, um dagegen zu sein? Das klingt, mit Verlaub, auch stark nach Pubertät.

Ja schon, aber das muss man ja nicht unbedingt bis zur Volljährigkeit durchziehen. Ich wollte aus Prinzip keine Erwartungen erfüllen und nichts tun, nur weil man es halt so macht. Regeln, Autoritäten, Disziplin – das hat mich alles genervt. Im Grunde nervt es mich heute manchmal immer noch und zwar dann, wenn es hohl ist. Wenn Regeln nur befolgt werden, weil es sie gibt, und nicht, weil sie sinnvoll sind.

Dass ich mein Abi dann zwei Jahre später tatsächlich im Kunst-Leistungskurs gemacht habe, ist die eigentliche Pointe der Geschichte. Mein Vater ist Schlossermeister, und ich kann Lichtbogenschweißen. Das war für mich dann auch die Lösung für das Dilemma, Kunst benoten zu müssen. Denn ich hab mir gesagt: »Ich mach keine Kunst, ich liefere Handwerk ab.«

Trotz 70 Fehlstunden in der 11. Klasse habe ich mein Abi schlussendlich mit einem Durchschnitt von 1,6 geschafft. Darüber bin ich heute sehr froh, aber ich bereue meine Sturheit und die vielen Umwege auch nicht, denn so musste ich mir irgendwann die Frage stellen, wofür ich das alles mache.

Das ging aber nicht von heute auf morgen, und es hat auch nicht auf einmal KLICK! im Hirn gemacht. Dass mein täglicher Kampf gegen das System in erster Linie ein Kampf gegen mich selbst war, das habe ich erst durch meine Frau, damals noch Freundin, verstanden. Und auch meiner Klassenlehrerin aus der Zehnten habe ich viel zu verdanken. Denn die ist tatsächlich eines Tages zu meinen Eltern nach Hause gegangen und hat ihnen ganz klar gesagt: »Sie können Ihren Florian nach der zehnten Klasse nicht auf den Arbeitsmarkt loslassen. Der weiß nicht, was er machen will, und der weiß auch sonst nicht, wohin mit sich. Wenn er jetzt die Schule verlässt, dann stürzt Ihr Sohn gnadenlos ab. Lassen Sie uns stattdessen schauen, ob er noch ein Jahr auf der Schule durchhält.« Das war tatsächlich meine Rettung.

#seinodernichtsein

#authentisch

#meinung

#memphismafia

#schule

#ruleofspiderman

#influencer

#graustufen

#notsobreitband

#clickme

#luxus

#erschöpfung

#erfolg

#psycho

#copyrights

#öffentlichrechtliche

#netzliebe

GROSSE MACHT bedeutet große Verantwortung. Nicht zuletzt dank Spiderman ist der Spruch sattsam bekannt und fungiert als moralischer Dreh- und Angelpunkt in vielen Superhelden-Storys. Auch wenn die (meisten) großen YouTuber weder Capes noch rote Unterhosen über dem Onesie tragen, ist doch die Macht stark in ihnen. Zumindest was den Effekt auf ihre Abonnenten und Follower angeht.

00:30 / 28:47

Du hast durch deinen Output eine Verantwortung – ob du sie nun willst oder nicht.

Ja, ich hab da anfangs viel drüber nachgedacht. Da hatte ich auch noch genug Zeit, denn die Abozahlen sind ja nicht innerhalb von zwei Tagen hochgeschossen. Viele Dinge, die mir heute leicht von der Hand gehen oder bei denen ich inzwischen einfach weiß, wie ich sie am besten hinkriege, hab ich in dieser Anfangszeit gelernt. Wenn man so will, waren die ersten Jahre auf YouTube die Lehre, und jetzt hab ich mehr oder weniger »ausgelernt«. Klar gibt es immer noch genug zu lernen, und das täglich. Aber die Basics hab ich jetzt drauf, und dazu gehört auch der Umgang mit der »Followerpower«.

Natürlich gibt's bei mir genauso wie bei den Kollegen

sogenannte Cross-Promotion: Schaut mal, der macht was Gutes, seht euch den mal an – hier ist der Link. Wichtig ist, dass man nichts propagiert, was man kacke findet. Okay, sagen wir mal, *mir* ist das wichtig. Wenn es eine Cross-Promo-Aktion ist, hinter der ich inhaltlich stehen kann, dann merken das die Leute draußen auch.

Du kannst aber nicht nur andere YouTuber empfehlen, sondern auch Meinungen …

Du meinst, politisch irgendwo eingreifen? Das tue ich insofern, als dass ich laut und deutlich sage: »Geht wählen!« Und ich sage auch: »Wählt nicht unbedingt rechts.«

Ich halte mich aber sehr zurück, wenn es um Personen geht. Obwohl ich letztens zum Beispiel ein Video gemacht habe, in dem ich – rein hypothetisch – darüber gesprochen habe, dass man Beatrix von Storch wegen Volksverhetzung anzeigen könnte. Da es ein Zivilverfahren wäre, könnten das eine Millionen Leute tun. So was mach ich dann schon mal, aber bisher haben sich ihre Anwälte noch nicht bei mir beschwert, also geh ich mal davon aus, dass sich da kaum ein Kläger von mir motivieren hat lassen. Einerseits schade, andererseits vielleicht auch ganz gut so.

Der Gaming-Journalist Uke Bosse hatte mal eine großartige Idee: Wie wäre es, wenn alle Zuschauer von LeFloid in die AfD eintreten würden, dann aber bei jeder Mitgliederbefragung dagegen stimmen?

Stell dir mal den Aufwand vor, wenn die bei jedem Parteieintritt erst einmal prüfen müssten, ob die jeweilige Person meinen Kanal abonniert hat! Und dann gibt's ja noch die Leute, die mein Zeug anschauen, aber kein Abo haben. Und wenn die Aktion dann bekannter wird und noch mehr Menschen da draußen mitmachen, dann wäre es für die AfD nicht mal mehr ansatzweise möglich, das irgendwie zu filtern.

Die Idee schwelt noch so vor sich hin, denn da sollten in der Realität doch noch ein paar Sachen bedacht werden. Man müsste ja auch Parteibeiträge zahlen, zu den Parteitagen gehen und so weiter. Ob meine Zuschauer sich das antun wollen, ist schon fraglich. Und will ich das meinen Zuschauern antun?

Vielleicht denken wir da besser noch ein paarmal ganz gründlich drüber nach. Eventuell findet sich für all das wirklich eine coole Lösung, und dann sprengen wir mit Followerpower die AfD von innen.

Und um damit zu der Ursprungsfrage zurückzukommen: Ja, es ist schon krass, dass wir überhaupt über so was nachdenken. Jeder große YouTuber, jeder Social Influencer hat zumindest theoretisch diese Macht. Die Frage ist mal wieder: Was machst du daraus.

Ich denke, ich hab das bis auf ein paar Ausreißer ganz gut im Griff. Oder sollte man sagen: »Ich hab mich da gut im Griff«, denn darauf kommt es ja letztlich an. Und jetzt entschuldige mich kurz, ich muss dringend den Uke Bosse anrufen …

DIE SOGENANNTEN »Influencer« sind für die Werbewirtschaft »Supertargets«: Das jeweilige Produkt gewinnt durch sie im besten Fall sowohl Verbreitung als auch Charakter. Es ist wirklich kein Wunder, dass Firmen, Marken, Parteien, Verbände und viele andere um die YouTube-Stars herumwuseln und gerne hätten, dass diese mit dem Finger auf deren Kram deuten.

Influencer – wie geil findest du dieses Wort?

Auf einer Skala von 0–100 finde ich das Wort etwa 6 Prozent geil. Aber wenn wir ehrlich sind, trifft es zu 96 Prozent ins Schwarze.

Am nervigsten sind Marketingleute, die sagen: »Wir brauchen einen Influencer!« Und du merkst ganz schnell, dass das für die eigentlich nur heißt: »Wir brauchen jemanden, der unseren Job macht.«

Also peilt der Werbemensch einen Deal mit einem großen YouTube-Star an und denkt, wenn der mitmacht, ist ja alles geritzt. Der Influencer bekommt einen Teil des Marketingbudgets, den Rest behält die Agentur und schaut nun aus dem Sessel heraus zu, wie alles von alleine läuft: Der Influencer hält die geniale Mouse-Headphone-Kombi einmal in die Höhe und findet sie ganz arg supi, und schon finden seine Follower die auch alle ganz arg supi.

Dann muss der Hersteller ja nur noch dafür sorgen, dass es das Ding auch zu kaufen gibt, und die Agentur stellt schon mal den Schampus kalt. So weit, so gut, so Quatsch.

Mal davon abgesehen, dass man heute viel mehr tun muss, um eine Marke groß zu machen und zu pflegen, gibt es in der Rechnung noch eine Variable, die die Marketingkollegen oft komplett ignorieren: Den YouTuber selbst.

Es passiert wirklich nicht so selten, dass sich jemand bei meiner Agentur meldet und anscheinend davon ausgeht, dass wir nur auf seine Mail gewartet haben. Früher hab ich mich auf solche Anfragen einfach gar nicht gemeldet, aber die schreiben dann immer und immer wieder. Also antwortet ihnen heute jemand aus meinem Team und sagt mit tendenziell eher dürren Worten ab, damit sie dann hoffentlich aufhören, unsere Inboxen zu verstopfen.

Früher hab ich alles alleine gemacht, aber heute bin ich froh um mein Team aus insgesamt zehn Leuten für die Kanäle plus drei in der Agentur. Es wäre längst nicht mehr möglich, das ohne Cutter, Redaktion, Agentur und Assistenten zu stemmen. Allein die vielen Anfragen könnte ich gar nicht bewältigen.

Interessant ist auch, dass das Wort »authentisch« in den Konzepten immer so betont wird: »Das authentische Testimonial bleibt dabei immer authentisch und ist auch ansonsten voll authentisch, wie auch unser Produkt so authentifiziös authentisch ist. So erreichen wir eine zusätzliche Authentizitäts-Authentifizierung unseres im Grunde bereits schon sehr basis-authentischen Produkts.«

Und dann hält dir einer von den lustigen Werbekaspern doch tatsächlich ein Skript hin, das du vorlesen sollst: »Also bring den Text bitte ein zwischen Minute X und Minute Y, weil wir da festgestellt haben, dass da am meisten Leute zusehen. Dann redest du mindestens 21 Sekunden über unser Produkt, bis die Awareness fulfilled ist und dann vor der Overdose natürlich stoppen. Später kommt dann noch mal ein Reminder nach Minute Z und bitte in den Comments auch ab und zu drauf hinweisen, und zwar mit diesem Satz, den wir dir hier aufgeschrieben haben, okay? Cool.«

Da waren zum Teil so schlimme Sachen dabei, die für jeden, dem die eigene Integrität auch nur ein bisschen was bedeutet, völlig undenkbar wären. Künstlich, aufgesetzt, peinlich, schlimmer als jede Waschmittelwerbung. Außerdem entreißt dir das auch jegliche kreative Freiheit in deinem Format. Ganz ehrlich, teilweise dachte ich mir: »Bevor ich so was sage, erschieß ich mich lieber.«

Authentizität stellt sich ja nun eher selten durch auswendig gelernte Texte und getimte Werbeunterbrechungen ein. Und man kann auch authentisch sein, wenn man für etwas Kohle bekommt. Ich will nur mit Dingen und Aktionen Geld verdienen, hinter denen ich voll stehen kann. Und dann rede ich drüber auch so, wie ich es empfinde. Wenn das für das jeweilige Produkt okay ist, dann haben wir einen Deal, den ich dann natürlich auch entsprechend den Regeln des jeweiligen Social-Media-Dienstes kennzeichne. Wenn meine Art oder Sichtweise aber nicht zu dem passt, was die Agentur sich zusammengehirnt hat, dann lassen wir es eben bleiben. So mach ich das zumindest, aber das soll jeder »Influencer« für sich selbst entscheiden.

WER SICH IN den letzten Jahren mit Social Media beschäftigt hat, wird vielleicht auch den subjektiven Eindruck haben, dass der Ton zunehmend schärfer wurde. Diskussionen scheinen immer schneller zu Lagerkämpfen auszuarten, und alle ballern aus ihren schwarz-weißen Schützengräben in die ungefähre Richtung des mutmaßlichen Feindes.

Wo sind die Graustufen hin?

Ja, diese Frage kann man genau so stellen. Wenn man sich wie ich täglich durch so viele Kommentare wühlt, dann bemerkt man das ganz deutlich: Die Graustufen verblassen, und Diskussionen werden schnell zum Kampf von Schwarz gegen Weiß, Rechts gegen Links und oft auch einfach zum Kampf der einen Wut gegen die andere Wut.

Ich kann dir auch sagen, seit wann das so ist: Seit Pegida und der Metamorphose der AfD. Im Jahr 2016 hat mein Kanal so unfassbar gelitten wie die ganzen sechs Jahre davor nicht. Mit Rechts und Links musste ich mich immer rumschlagen, aber als die AfD und die

»alternativen Fakten« plötzlich ein Thema wurden, als Pegida auf die Straße ging und »Gutmensch« das schlimmste Wort ever war – da war mein Kanal so was wie die gefühlte Angriffsfläche Nummer eins für Rechte im deutschen Netz.

Das Seltsame ist, dass das zwar insgesamt abgeebbt ist, sich aber die Meinungen nicht wieder in der Mitte getroffen haben. Die Rechten sind wieder etwas leiser geworden, aber dafür sind die verkappten Rechten immer noch genauso laut wie vorher. Das sind auch oft diese typischen »Ja, aber!«-Leute. Denen geht es anscheinend nicht darum, sich durch Diskussion eine Meinung zu bilden oder sonst wie auszutauschen – sondern es geht nur darum, dass sie auf jede Antwort ein »ja, aber« zurückballern können. »Ja, aber die Ausländer.« »Ja, aber die Politiker.« »Ja, aber die Impfbefürworter«, »Lügenpresse«, »linksgrünversifften Gutmenschen« und so weiter ...

Dabei könnte man viele Probleme so lösen, dass alle miteinander klarkommen könnten – wenn sie denn an einer Lösung interessiert wären und nicht nur an der Auseinandersetzung. Denn bei politischen Diskussionen sollte es nicht darum gehen, ob ich einen Streit gewinne, sondern ob wir gemeinsam eine Lösung finden.

Ich geb' dir mal ein Beispiel: Ich lebe mit einer Vegetarierin zusammen. Meine Frau war schon Vegetarierin, bevor wir uns kennengelernt haben. Also kochen wir einfach zwei Gerichte, die zusammenpassen. Wenn man will, dann kann man sich irgendwo treffen.

Aber leider geht das natürlich auch in diesem Bereich nicht mit jedem: Wir haben auch Vegetarier und auch Veganer in unserem Bekanntenkreis, die fahren bei jedem Anzeichen nicht pflanzlicher Ernährung sofort die Artillerie auf den Hof: Wenn du Fleisch isst, bist du für die automatisch auch ein Mörder, wenn du Milch trinkst, bist du ein Tierquäler, und wenn du selber Hühner hältst, dann bist du ein KZ-Aufseher.

Solche Diskussionen intensivieren sich im Internet um ein Tausendfaches, weil die Leute aufgrund der Anonymität noch weniger nachdenken. Die stehen ja gar nicht mehr vor dir, während sie mit dir streiten. Da gibt's nur noch: Du bist nicht meiner Meinung? BÄM!

Wie könnte man die Graustufen wieder zurück in die Diskussion holen?

Das klingt jetzt vielleicht ein bisschen albern, aber die Antwort lautet: durch Diskussionen. Denn solange geredet wird, gibt's auch Hoffnung, dass sich die Leute einigen. Und wenn dann wer die Schotten dichtmacht, dann muss man eben ein anderes Kaliber auffahren. So mache ich das auch bei LeNews. Denn ich betreibe ja kein weichgespültes Stuhlkreisflüstern – ganz im Gegenteil: Ich weiß inzwischen ziemlich genau, wann zum Beispiel eine Provokation mehr bewirkt als pseudopädagogisches Gesäusel.

Mir ist vollkommen klar, dass das wie ein Widerspruch klingt. Denn auf der einen Seite geht's mir um eine vernünftige Kommunikation, und auf der anderen Seite ballere ich dann so was raus wie: »Ja, wenn du das wirklich glaubst, dann bist du eben leider saudumm.« Ich tu das aber nicht, um die Tür zuzuschlagen, sondern weil ich durchdringen will. Und bei manchen Leuten geht es eben nur durch Provokation.

Also dringst du auch immer wieder mal durch?

Na logo, sonst hätte ich das Diskutieren längst aufgegeben und mir was anderes überlegt. Gott sei Dank kommen eben genug Kommentare wie: »Jetzt, wo ich mich damit beschäftigt habe, verstehe ich, dass man das auch so und so sehen kann.« Wenn der Diskurs irgendwie dazu führt, dass Leute zumindest ein bisschen darüber nachdenken, was sie gesagt haben, dann bin ich ja schon zufrieden.

Dabei darf man nicht vergessen, dass bei mir ja Tausende oder Hunderttausende Menschen mitlesen, und das hat auch auf die, die da kommentieren, einen Effekt, mit dem sie vielleicht zu Anfang gar nicht gerechnet haben. Wenn mich jemand beleidigt und ich ihn dann nicht blockiere, sondern stattdessen eine passende Antwort zurückpfeife, dann lesen das ja auch wieder Hunderttausende mit, und die reagieren dann auch entsprechend. Das führt dann oft dazu, dass die Person plötzlich ganz schnell auf eine sachliche Ebene kommen möchte – weg von einem Streit, in dem sie nur verlieren kann.

Und das Schöne ist ja, dass sie dann anfangen, nach sachlichen Argumenten zu suchen. Eben noch hat er nur irgendeine Beleidigung geblökt, und jetzt plötzlich sieht er sich genötigt, seine Haltung durch Beweise zu untermauern. Da ist dann gerne mal eine Zeit lang Funkstille, weil die Person tatsächlich anfängt zu recherchieren und sich mit dem Thema zu beschäftigen. Und das ist gar nicht so selten. Die Motivation, den Job gut zu machen, weil da viele, viele Menschen mitlesen und du jetzt liefern musst, ist nicht zu unterschätzen.

Eine Diskussion, die begonnen hat mit »Ich fick deine Mutter«, mündet dann irgendwann in Beiträge wie »Das Statistische Bundesamt sagt …« – so was finde ich dann jedes Mal ziemlich geil.

Solche Mechaniken offenbaren sich dir natürlich, wenn du

dich wie ich viele Jahre lang mit der Dynamik in Kommentarspalten beschäftigst. Logischerweise setze ich das auch ganz bewusst ein, aber immer mit dem Streben nach Diskurs.

Und am Ende des Tages gibt es dann vielleicht ein, zwei Leute mehr auf der Welt, die gelernt haben, dass es nicht so viel bringt, wenn man einfach nur mit Dreck wirft.

DEUTSCHLAND IST immer noch ein digitales Entwicklungsland. Nicht unbedingt in der Internetnutzung, denn da geht man hierzulande von ca. 89 Prozent der Bevölkerung aus. Nein, es ist der viel zitierte Breitbandausbau, der viele Regionen noch nicht oder nur sporadisch erreicht hat, und die schleppende Digitalisierung, was uns im europäischen Vergleich digital eher mittelmäßig abschneiden lässt. Beim sogenannten E-Gouvernement – also simpel gesagt, der digitalen Interaktion von Bürgern und behördlichen Institutionen – liegen wir europaweit auf Platz 18 von 28. Und das in dem Land, das mit der Erfindung des MP3-Formats mal eben die Musikwelt revolutioniert hat.

Was sagt der Digital Native LeFloid zum Thema »Digitalisierung in Deutschland«?

Der Digital Native lacht erst mal trocken auf und schlägt dann in einem unbeobachteten Moment den Kopf gegen die Wand, bevor er weinend von dannen zieht.

Eine Anekdote dazu: Ich stand letztes Jahr auf dem Parkplatz des Bundesamtes für Verkehr und Infrastruktur in Berlin neben einem sehr angetrunkenen leitenden Mitarbeiter des Ministeriums. Dass er angetrunken war, will ich ihm gar nicht ankreiden – ich hoffe nur, er ist danach nicht selbst nach Hause gefahren. Ich sagte zu ihm: »Ich überlege, nächstes Jahr in Brandenburg ein Haus zu bauen. Und Ihr Arbeitgeber hat vor zwei

Legislaturperioden versprochen, dass da mal Internet hinkommt. Wie schaut's denn damit aus?«

Und er lallte mich dann voll: »Wennu Internetss haben willsss, warum ziehsss du dann nich in ein Bunnesland mit Internetss, hahaha!?«

Ich hab' genickt und verstanden, aber ab diesem Moment aus der Ecke auch nichts mehr erwartet.

Für die meisten deutschen Politiker sind das Internet und die Digitalisierung immer noch das viel belächelte »Neuland«. Dabei ist das Thema Social Media seit mindestens zwölf Jahren relevant. So hat es Deutschland verpennt, ganz vorn dabei zu sein, und auch die Parteien mitsamt ihrem Personal spielen in den Social-Network-Filterblasen der Leute nur eine untergeordnete Rolle.

Ausgerechnet die AfD hat die Bedeutung des Internets etwas früher durchschaut und bedient die Sozialen Medien nach allen Regeln der Kunst. Zeig mir eine andere etablierte deutsche Partei, die das in der Form verstanden hat. Keine.

Die Rechten bedienen sich natürlich auch diverser Praktiken, die wohl unter den Sammelbegriff »unlauterer Wettbewerb« fallen. Social-Media-Bots, Trollarmeen und dergleichen sollte man bei einer Partei, die im Bundestag sitzt, eigentlich nicht erwarten. Aber das zeigt nur noch deutlicher, dass die AfD einen Wissensvorsprung zumindest darüber zu haben scheint, was alles möglich ist. Und da ihnen bei sich selbst jene Moral, die sie von anderen laufend fordert, komplett abgeht, haben sie auch überhaupt kein Schamgefühl. Was wirkt, wird gemacht. Mal sehen, wann sie zum Beispiel dieses Buch entdecken und dann ihre Clickdrohnen losschicken. Wäre nicht das erste Mal und so durchschaubar wie immer.

Umso problematischer ist es, dass das Internet von vielen anderen Politikern immer noch als »nicht in Würde bespielbar« angesehen wird – so als müsse man sich da zu irgendetwas herablassen und sich dann mit diesen »Usern« auf eine Stufe begeben.

Einzig die Piratenpartei hat damals all die Möglichkeiten gesehen und ihr Schiff aus Schreck über den Erfolg sicherheitshalber gleich selbst versenkt.

Was anscheinend aber nun auch in unserem Land die Politiker ein bisschen wachgerüttelt hat, ist der Facebook-Skandal um Cambridge Analytica. Und warum? Weil es da um »ihr Thema« geht: Um Wahlkampf. Klar ist es für einen Politiker persönlich weniger relevant, ob Oma Käthe in Nordfinstermühl auch Voice-over-IP telefonieren kann. Jetzt kann man aber mit dubiosen Methoden Millionen von potenziellen Wählern mit Material bespielen und für sich einnorden und da wird es für die Politik plötzlich interessant. Damit meine ich natürlich nicht, dass jede Partei so was anleiern würde. Alleine dass es das gibt und dass es von diversen Gruppierungen genützt wird, ist schon politisch relevant.

Vielleicht wird jetzt nicht nur der neuen Staatsministerin für Digitalisierung, sondern auch dem Sesselpupser von der letzten Hinterbank klar, dass man sich am besten vorvorgestern mit diesem Internetz beschäftigt hätte.

Und wer weiß, vielleicht geht in zehn bis zwölf Jahren auch ein Kabel voll mit Internet bis zu meinem Haus in Brandenburg.

WAS IM PRINT die »Schlagzeile über dem Knick« ist, das ist bei YouTube das Vorschaubildchen. »Tits, Ass and Controversy« sind nach wie vor die Dinge, mit denen man am schnellsten Klickzahlen generiert. Wenn sich das Ganze dann als leere Versprechung herausstellt, spricht man von »Clickbait«, dem Klick-Köder. Neben YouTube wird vor allem Facebook von entsprechend reißerisch präsentierten Inhalten heimgesucht. Formulierungen wie »Er wollte nur ein Sandwich essen, aber was er dann entdeckte…« sollten jedem Social-Media-Nutzer bekannt vorkommen.

»Er wollte nur sehen, welche Videos von LeFloid die meisten Klickzahlen haben, aber was er dann entdeckte …«

… verschlug ihm den Atem, ich weiß – egal, welchen meiner Kanäle du anschaust, es sind fast immer die Clips mit den lautesten Vorschaubildern, die die meisten Klicks bekommen haben. Und für die, die nicht wissen, warum das relevant ist, erkläre ich ganz kurz das Geschäftsmodell: Ich verdiene mein Geld dadurch, dass die Videos vereinfacht gesagt möglichst erfolgreich sind. YouTube kann je nach meinen jeweiligen Einstellungen zum Beispiel Pre-Roll- oder Mid-Roll-Werbung abspielen, Ads einblenden oder Werbeunterbrechungen platzieren, und von den Einkünften bekomme ich dann einen festgelegten Anteil. Die Versuchung, ein Vor-

schaubildchen draufzuklatschen, das möglichst viele zu einem Klick animiert, ist also schon groß.

Trotzdem bin ich seit etwa einem Jahr Klickbait-abstinent und das ist auch gut so. Was hast du davon, wenn die Leute auf Tits and Ass klicken, weil sie der Meinung sind, sie kriegen Tits and Ass … und dann erzählst du ihnen irgendwas über das Netzwerkdurchsetzungsgesetz.

Zwar ist Klickbait immer noch die absolute Nummer eins, wenn es darum geht, erst mal Aufrufzahlen zu generieren, aber für Kommentarmenge und Watchtime spielt es keine Rolle. Und diese beiden Dinge sind für YouTube auch nicht unwichtig. Denn daran sieht man, dass die User sich mit den Inhalten auseinandersetzen, dass sie kommentieren, interagieren und somit insgesamt möglichst lang dranbleiben.

Außerdem hat man laut den aktuellen YouTube-AGB's mit einem Clip, der tatsächlich Tits, Ass & Controversy zeigt, gar keine wirkliche Chance mehr, Geld zu verdienen – außer man ist im sogenannten *Google Preferred Program*, was ich nicht bin. Das ist so eine Art »Garantie« für Werbekunden, dass sie auf ein gutes Pferd setzen. Wer sich dafür näher interessiert, findet unter diesem Suchbegriff mehr Infos, als er sich jemals erhofft hätte. Ich finde es deutlich interessanter, wie das Ganze denn dann tatsächlich umgesetzt und angewendet wird.

Bei der sogenannten »Erotik-YouTuberin« Katja Krasavice, geht es zum Beispiel nur um Sex – laut den AGB's eigentlich alles andere als erwünscht. Trotzdem dreht sich auf dem Kanal alles um Penisgrößen, Tittengewackel und wann sie es sich wo wie am liebsten selbst besorgt.

Logan Paul, einer der größten YouTuber weltweit, ist trotz seiner 17 Millionen Abos aber tatsächlich aus dem Programm geflogen. Als er die Leiche eines Selbstmörders gefilmt und das Video hochgeladen hatte, wurden die kritischen Stimmen der User und der Medien einfach zu laut, und das finden Werbekunden verständlicherweise aus vielen Gründen extrem ungeil. Allerdings hatte dieser Clip 6 Millionen Views, bis er ihn dann endlich gelöscht hat. Bei einem Creator wie Logan Paul geht es für YouTube eben um Umsätze im Millionenbereich, und darum hat man den so lange ausgehalten, bis er wirklich untragbar wurde.

Trotzdem hat das bei ihm wirklich verdammt lange gedauert, und YouTube musste sich eine Zeit lang auch ganz schön verbiegen, um seine Inhalte öffentlich halbwegs vertreten zu können. Wirklich glaubwürdig war das irgendwann nicht mehr, deshalb hatte man ihm zwischenzeitlich die Monetarisierung seines gesamten Kanals abgeschaltet, und er flog aus dem Preferred Program. Soweit ich weiß, verdient er inzwischen wieder mit seinen Clips, ist aber sozusagen »auf Bewährung«.

Auf jeden Fall hast du wesentlich mehr Freiheiten, wenn du im Preferred Program bist. Die Plattform befindet sich da in einem Zwiespalt: YouTuber, die sich nicht an die Regeln halten und damit so erfolgreich sind, dass sie ins Preferred Program kommen, dürfen sozusagen in einem ziemlich ausgedehnten Rahmen gegen die AGB's verstoßen.

Was YouTube ja gerne möchte, ist familienfreundlicher Content. Darum werden bei mir zurzeit viele Videos demonetarisiert – das bedeutet, ich kann damit nichts mehr verdienen. Denn in den neuen AGB's steht sinngemäß drin, dass provokante Inhalte oder solche, die sich auf negative Ereignisse in der Welt beziehen, nicht familienfreundlich sind und darum nicht monetarisiert werden können. Ich beziehe mich aber auf Nachrichten, auf das Weltgeschehen und somit natürlich auf »negative Ereignisse«. Das wollen die aber nicht auf ihrer Plattform. Wenn du also auf YouTube Geld verdienen willst, dann nicht mit »so was«.

Außerdem wurde ein Algorithmus geschaffen, der die Interaktion nicht mehr so hoch bewertet. Das heißt, es geht nur noch zu einem kleineren Teil um die Menge der Kommentare darunter, die Likes oder die Abstimmungen in irgendwelchen Umfragen.

Viel wichtiger ist jetzt: *Wo findet sich dieser Clip noch*? Wo wird er geteilt, welche Plattform verlinkt mit diesem Video zu YouTube?

Wenn du also provozierst und eine Leiche in einem Wald filmst, dann bist du damit schnell bei CNN, bei n-tv, Fox News und so weiter. Der Algorithmus bewertet das entsprechend hoch und haut dich in den YouTube-Trends auf Platz 1. Sprich, je mehr Scheiße du baust, desto lieber hat dich der Algorithmus.

Ein großartiger YouTuber namens MatPat (Matthew Robert Patrick) hat das als das »Logan Loop Hole« bezeichnet. Wir sehen das ja auch in Deutschland: Ein Bomben-Prank oder 24 Stunden eingesperrt im Möbelsuperirgendwas und so weiter und so fort. Darüber berichten dann die Medien, und BÄM bist du auf Platz 1 der YouTube-Charts.

Ich mag YouTube und die ganze Idee dahinter, aber es gibt eben auch Dinge in dem Laden, die ziemlich schizophren wirken. Und wenn man sich damit so viel beschäftigt wie ich und wenn dein Beruf, deine Familie und viele Kolleginnen und Kollegen davon abhängen, dann schaust du da natürlich noch mal etwas genauer hin und behältst die Entwicklungen so gut es geht im Blick.

Ich bin mit meiner Strategie zufrieden, und meine Abonnenten sind es auch. Das bedeutet zwar unter Umständen Einbußen bei den Views und beim Einkommen durch Monetarisierung, aber dann ist das eben so. Wichtiger ist mir, dass ich weiterhin hundertprozentig hinter meiner Arbeit stehen kann und alle um mich rum genauso.

VON PERSÖNLICHEN Dingen wie Gesundheit, Beziehungen und Lebensglück mal abgesehen – als erfolgreicher YouTuber hat man fraglos Möglichkeiten, für die man als Otto Normal-Nerd schon mal eine Fingerkuppe opfern würde: First Looks bei Games und Filmen, bereitwillige Versorgung mit Gadgets und Merchandise, Bekanntschaften mit anderen prominenten Persönlichkeiten und viele andere Annehmlichkeiten mehr.

Kannst du dich über solche Dinge noch freuen?

Die Frage trifft mich wie ein Schwert ins Herz, weil ich mich gerade erst mit einem meiner besten Freunde darüber unterhalten habe, der auch YouTuber ist. Wir haben festgestellt, dass wir aufgrund dieses sehr speziellen Jobs und des täglichen Overflows tatsächlich nicht mehr so begeisterungsfähig sind wie andere Menschen. Und das ist vor allem deswegen so schade, weil wir ja Möglichkeiten haben, über die andere Menschen nicht verfügen.

Irgendwie stellt sich da so ein Gewöhnungseffekt ein und es ist verdammt schwer, den niederzukämpfen. Es ist wie beim Star Wars Franchise: Wir haben alle schon nicht mehr dran geglaubt, dass da noch mal was kommt, und da dreht der George Lucas glatt drei Prequels, und es gibt animierte Spin-Off-Serien, die sogar richtig gut sind! Ein paar Jahre später regnet es plötzlich Fortsetzungen, Origin Stories, Nebenquests, weitere Spin-Offs und Tie-Ins, Games und Merchandise ohne Ende! Das ist eigentlich total geil, aber irgendwie stumpft man auch ein bisschen ab, weil es zwischen dem einen und dem anderen Hype schon gar keine Cool-Down-Phase mehr gibt.

Man kann einfach von dem einen Hypegipfel zum anderen rübersteigen und muss dazwischen gar nicht mehr ins tiefe Tal der Hoffnung runterstiefeln, um eine gefühlte Ewigkeit zu warten, bis es endlich weitergeht.

Und wenn der Hype einmal zum Dauerzustand geworden ist, dann ist es wie mit dem Rauchen – du brauchst einen immer größeren Fix, um überhaupt noch zu spüren, dass da irgendwas kickt. Folglich wird die Promo immer lauter, analog dazu drehen auch die anderen ihre Regler auf elf, damit sie mit ihrem Kram gehört werden.

Es ist also für jeden Nerd in unseren Breitengraden schon heftig was los – immer is' was. Du kannst auch nur ganz schwer zwischendurch runterkommen und dich mal wieder in Ruhe auf irgendwas freuen. In gewisser Weise ist das ja auch bei den Storylines der Superhero Comics und Filmen so: Die Armada an DC- und Marvelprotagonisten braucht immer größere Gegner, alle Superhelden müssen immer superer werden, um die übermächtigen Bösewichte gerade noch so besiegen zu können. Und in der nächsten Story wird's dann noch fetter, noch krasser, noch galaktischer.

Darum gibt es alle paar Jahre einen Reset wie »Crisis On Infinite Earths« oder dergleichen, wo man alles wieder eine Stufe runterfährt. Helden sterben, andere kommen zurück, manche verlieren ihre Kräfte und so weiter. In der Comicwelt geht das, aber in der Realität kann man sich nur schwer wieder runterdrehen. Die ganze Zeit brummt dieser Buzz um dich herum, als hättest du deinen Kopf in einem Bienenstock.

Und als Influencer bekommst du das alles immer als einer der Ersten mit – was eigentlich saucool ist. Aber es führt eben auch dazu, dass man auf eine Art abstumpft.

Doch dann treff ich beispielsweise auf jemanden wie diesen sehr geschätzten Kollegen von mir, ein Kameramann, unglaublich cooler Typ. Abgesehen davon, dass er technisch wahnsinnig viel draufhat, ist er eben auch ein begeisterungsfähiger Mensch, der sich irgendwie diese Freude an allem erhalten hat. Und wenn ich sage »an allem«, dann meine ich das auch so. Keine Ahnung, wie er das macht, aber es ist wirklich erstaunlich. Der freut sich über so viele Dinge, der findet so viele Dinge geil ... unfassbar.

Am Anfang war ich schon ein bisschen genervt, und ich dachte mir nur: »Boah, jetzt hör doch endlich mal auf zu quatschen! Ja, das ist ein schöner Baum und das ein cooles Haus, und hier ist ein Stuhl – is' ja gut, alles supitoll, aber jetzt komm doch bitte mal wieder runter, und halt nur für ein paar Sekunden die Klappe!«

Wir waren im letzten Jahr viel zusammen auf Dreh, eine Weltreise quasi. Da gibt es eine Menge, was man toll, super, interessant, spannend, schön oder abgefahren finden kann ...

Aber irgendwann machte es dann klick bei mir. Ich glaube, das war in Südwest-Afrika: Wir mussten am Flughafen warten, weil da drei Zebras auf der Startbahn rumstanden, und was war? Ich war total genervt, anstatt mich darüber zu freuen, dass da – ganz ohne Gitter drumrum – direkt vor uns drei Zebras rumstanden. Der Kameramann freute sich wie ein Kleinkind, hängte sich ungefähr zwanzig Kameras um und rannte los, um die zu filmen. Und ich dachte nur an die Verspätung, an das bevorstehende Interview mit der Direktorin des Internationalen Währungsfonds, und ... plötzlich wurde mir klar, dass ich da gerade eine Menge falsch machte.

Hey, ich hab noch nie Zebras außerhalb von einem Zoo gesehen! Und da stehen die einfach so rum – und davor hopst mein Kameramann quietschend vor Freude hin und her, macht seltsame Geräusche, damit die Zebras zu ihm rüber in sein Objektiv schauen.

Plötzlich seh' ich mich selbst da sitzen, wie so ein Trauerkloß, und denk mir: Scheiße. Bist du dumm.

Also hab ich in den letzten Monaten konsequent dran gearbeitet, meine Freude und Begeisterungsfähigkeit wiederzuentdecken. Es ist eben nicht alles selbstverständlich, ganz im Gegenteil. Und das sollte man sich immer wieder bewusst machen.

Dabei spielt natürlich auch eine große Rolle, dass ich in diesem Jahr Vater von Zwillingen geworden bin, und wer Kinder hat, wird diesen Effekt wohl auch bei sich festgestellt haben. Plötzlich nimmst du Sachen ganz anders wahr. Du bist begeistert von Kleinigkeiten, die du vorher überhaupt nicht bemerkt hast. Und du machst dir plötzlich gigantische Sorgen um Dinge, an die du vorher nicht einen einzigen Gedanken verschwendet hättest. Die Perspektive verschiebt sich so extrem und so unwiderruflich, dass die Welt plötzlich eine andere ist.

Ein ganz banales Beispiel: Ich schaue gerade die letzten Staffeln der Star Wars-Serie »Clone Wars«. Und in Staffel fünf denk ich mir plötzlich: »Moment mal, ab wie viel Jahren ist das eigentlich? Ab sechs!? Wie kann das denn okay sein für Sechsjährige?«

Um auf das Thema zurückzukommen – durch die Geburt meiner Kinder sehe ich jetzt auch ganz einfache Dinge mit anderen Augen und kann wieder erkennen, wie schön, wie spannend, wie wertvoll das Leben sein kann. Kann ich also jedem nur empfehlen, wenn man mal einen »Reality Check« braucht.

Oder einen übermotivierten Kameramann, der sich so lange über alles an dir hochfreut, bis du deine eigene Triefnasigkeit erkennst?

Am besten beides.

IM JAHR 2017 bereiste Flo die ganze Welt, um Filmmaterial für ein neues Doku-Filmprojekt zu sammeln, an dem er gerade arbeitet. Die extrem anstrengenden Dreharbeiten und viele andere Aktivitäten forderten schließlich ihren Tribut. Dem Gamingchannel »Dr. Froid« drohte die Schließung, und Flo selbst war am Ende seiner Kräfte.

Bist du froh, dass 2017 jetzt hinter dir liegt?

Ganz ehrlich: Ich war am Ende, ich war am Arsch. Privat und gesundheitlich war 2017 für mich eine Vollkatastrophe – aber eben auch eine Chance, es künftig besser zu machen, und das haben wir dann Gott sei Dank auch auf die Reihe bekommen und ein paar essentielle Dinge verändert.

Denn egal, wie sehr man seinen Job liebt – wenn es zu lange konsequent zu viel ist und man nicht einfach mal sagt: »Stopp, ich kann nicht mehr!«, dann leidet alles darunter. Nicht nur ich selbst und mein Umfeld, sondern auch die Qualität der Arbeit. Mein Kanal hat darunter gelitten, dazu der Gamingkanal ebenso wie

Kollegen, Freundschaften, Privatleben, Beziehung und ganz allgemein die Freude an dem, was ich tue.

Ich hatte in sieben Monaten mehr als siebzig Flüge, war kaum zu Hause und hab teilweise drei Tage am Stück nicht geschlafen. Irgendwann freust du dich über gar nix mehr und bist nur noch genervt. Dann hatte ich ja auch noch zwei Firmen, die laufen mussten, und da gab es auch einiges, was nicht rundlief – aber ich war einfach nicht in der Lage, das wieder auf die Spur zu schieben.

Stell dir vor: Ich war in so vielen Ländern auf dieser unglaublichen, spannenden und facettenreichen Welt! Ich hätte so viel mitnehmen können. Und was ist heute? Ich kann mich an kaum etwas erinnern.

Wenn da nicht die Kameras um mich rum gewesen wären und ich nicht durch das Material spulen könnte, wüsste ich wahrscheinlich gar nicht mehr, was alles passiert ist.

Der Job war wirklich stressig, in dieser Form eigentlich kaum schaffbar – nicht nur für mich, sondern auch für das Team. Es war für alle viel zu krass! Wir haben Teammitglieder verbrannt: Kameraleute, mehrere Regisseure und viele andere Leute, die wir auf dem Weg verloren haben, weil sie nicht mehr konnten. Ich war wochenlang nicht zu Hause, in der Zeit gab es Todesfälle in der Familie meiner Frau, und ich war am anderen Ende der Welt! 2017 war nicht mein Jahr.

Ich fand nichts mehr geil. Das war echt übel.

Du hast ganz am Anfang gefragt, was ich nicht bin. Jetzt kann ich auf jeden Fall sagen, was ich nicht mehr will: So einen Stress will ich nie wieder in meinem Leben aushalten müssen. Und da mir das jetzt so bewusst ist, denke ich, dass mir das in der Form nicht noch einmal passieren wird.

Ja, da haben mich auch wirklich Leute wieder aufgefangen und gesagt, wir besinnen uns jetzt mal zurück auf das, was wir gemacht haben, und machen das richtig.

Und das Erstaunliche ist ja, wie sehr der Erfolg in unserem Metier mit der inneren Einstellung zusammenhängt. Also nicht auf so eine esoterische Art, mit Wunschbestellung beim Engeluniversum – ich meine ganz kausal. Bei jedem YouTuber geht es letztlich zuallererst um eine Sache: Authentizität.

Und wenn es dir scheiße geht und du auf nichts mehr Lust hast, dann kannst du das zwar je nach Schauspieltalent und zähneknirschender Disziplin eine Zeit lang verstecken. Aber trotzdem merken die Leute da draußen, dass irgendwas nicht mehr so ist, wie es vorher war oder wie es eigentlich sein sollte.

Du machst eigentlich genau das Gleiche wie bisher, die Texte, die Jokes, das Timing – alles wirkt so, als hätte sich nichts verändert. Und trotzdem ist es anders, die Views werden weniger, du spürst es auch bei der Interaktion, in den Kommentaren ... und das frustriert dich dann noch mehr. Denn du hängst dich doch mehr rein als jemals zuvor – musst du auch, weil es nicht mehr von innen kommt.

Der innere Antrieb geht ab, diese unbändige Lust an der Sache fehlt, aber du musst das alles mit Disziplin ausgleichen und stattdessen so tun, als wäre alles wie immer. Es ist aber noch kein YouTube-Kanal alleine durch Disziplin groß geworden. Wer irgendwann nur noch genervt seine Clips runterreißt und dazu ein bisschen fratzenverzerrte Spaß-Mimikry in die Kamera zappelt, der wird über kurz oder lang untergehen.

Wenn es nicht authentisch ist, dann spüren das die Leute. Und auch bei mir war wirklich die Grenze der Belastbarkeit erreicht. Ich konnte nicht mehr – musste aber. Vor allem der Gamingchannel »DoktorFroid« hat wirklich gelitten, sowohl bei den Views als auch bei den Abos.

Und ich bin einfach nur saufroh, dass wir da gerade noch rechtzeitig die Kurve gekriegt haben. Anders kann ich das nicht sagen. Und ich rede wirklich von »wir«, denn wie soll ich alleine elf Videos pro Woche raushauen und auch noch das ganze Drumherum auf die Reihe bekommen? Wir haben ja, wie gesagt, mehrere fest angestellte Cutter, Redakteure, Assis und Co, dazu ein paar freie Mitarbeiter in zwei Firmen. Um die Kanäle regelmäßig und zuverlässig zu bestücken, brauchen wir Kameraleute, Cutter, Grafiker, Redaktion, Produktion und natürlich auch Büros, Studios, Equipment… Das alles steht auf dem Spiel, wenn der LeFloid nicht funktioniert und mit seinem Kram die Menschen nicht erreicht.

Also, letztendlich haben wir den Gamingchannel nicht eingestellt, sondern rebootet. Wir dachten wirklich, das Ding ist so gut wie tot. Aber weil wir es alle wollten und weil da plötzlich wieder eine Energie da war, die vorher gefehlt hat, ging es mit dem Neustart auch bei den Views und Abos bergauf.

Oberflächlich betrachtet, findet man natürlich mehr Gemeinsamkeiten als Unterschiede mit der Zeit vor dem Reboot, aber kaum war da wieder eine authentische Freude an der Sache zu spüren, lief es wieder. Es ist echt krass, aber YouTube lebt zu gefühlten 90 % von der Freude, dem Spaß und der Hingabe, den die YouTuber bei der Herstellung ihrer Clips haben. Wenn sich das überträgt, dann ist das Wichtigste geschafft.

Und das überträgt sich dann hoffentlich wiederum auf dich?

Auf mich, auf mein Team, meine Familie – auf alle.

#seinodernichtsein

#authentisch

#meinung

#memphismafia

#schule

#ruleofspiderman

#influencer

#graustufen

#notsobreitband

#clickme

#luxus

#erschöpfung

#erfolg

#psycho

#copyrights

#öffentlichrechtliche

#netzliebe

VERMUTLICH WIRD der eine oder andere dieses Buch nur auf der Suche nach Tipps durchblättern, wie man denn nun YouTuber oder, besser noch, YouTube-Star wird. Denn LeFloid muss es ja wohl wissen – er ist ja schließlich einer! Also, auch wenn man sich schon denken kann, dass die Antwort wohl kaum so ausfallen wird, wie von manchem erhofft … hier kommt die alles entscheidende Frage:

Wie wird man YouTube-Star?

Das kann man wirklich nicht so einfach in ein paar Sätzen beantworten, aber ich will es trotzdem mal versuchen …

Also, ich bin ja Teil einer Generation von YouTubern, die den Begriff »organisches Wachstum« kennenlernen durfte. Das heißt, ich bin nicht von heute auf morgen durch ein Video auf eine Viertelmillion Abonnenten geschossen und musste dann im Alter von sechzehn Jahren irgendwie damit umgehen.

Ich war zwanzig Jahre alt, fertig mit der Schule und hatte zur Überbrückung der Wartesemester einen Job als Azubi in einer Bank, von dem ich später noch was erzähle. Auf jeden Fall lief YouTube nur nebenbei. Es gab zum Beispiel noch gar kein Monetarisierungssystem.

Somit muss ich leider zugeben, dass ich für das YouTube, wie es heute ist, leider keine Anfängertipps habe, denn ich komme aus »Generation 1«. Wenn wir die Monetarisierung mit in die Rechnung nehmen, dann komme ich sogar aus Generation 0.1. Es war komplett anders als heute, es ging alles andere als schnell, und man hat einfach erst mal so vor sich hin gemacht, in der Hoffnung, dass das, was man da anstellt, irgendjemand sehen möchte. Heute machst du vielleicht einen Clip, der aus irgendeinem Grund einen Nerv trifft, und plötzlich macht es BÄM, du hast eine Million Views und eine Viertelmillion Abos. Das ging früher gar nicht, aber heute kann das tatsächlich passieren.

Das muss ich aber sofort wieder einschränken, denn ich will nicht, dass sich da jetzt irgendwer völlig übertriebene Hoffnungen macht. Jaa, es ist »möglich«, aber aufgrund der vielen Millionen Clips ist es eben auch verdammt unwahrscheinlich, dass es mit einem Schlag passiert. Denn die Leute müssen deinen Clip ja auch erst einmal finden, und das geht nur, wenn irgendwer weiß, wo er draufklicken soll.

Im Umkehrschluss bedeutet das, dass ein besonders krasser Clip, in dem dir zum Beispiel jemand eine Silvesterrakete in den Arsch steckt und die dann anzündet, vielleicht tatsächlich eine Menge Views abräumt, weil die ganze Welt sehen will, was für ein unfassbarer Vollidiot du bist. Aber das ist nichts, worauf du irgendwas aufbauen kannst.

Na ja, klar kannst du dir weiterhin Dinge in den Hintern schieben, die man anzünden, aufblasen oder zur Explosion bringen kann – aber ich bezweifle, dass du damit über Jahre hinweg einen Kanal am Laufen halten kannst. Vor allem wirst du irgendwann dich selbst nicht mehr am Laufen halten können, weil du dir irgendwann die linke Arschbacke mit nem Chinaböller weggeschmettert hast.

Also: Logo ist es heute genauso wichtig wie damals, dass man auffällt, dass man etwas Besonderes macht. Aber eben nicht nur durch Lautstärke, Pranks, Challenges und die krasseste Scheiße, seit es krasse Scheiße gibt. Das ist nicht nachhaltig, und damit wirst du eben nicht zu einem »Star«, sondern du bist und bleibst »der Depp, der krasse Scheiße macht«.

Vielleicht muss man erst einmal die Gegenfrage stellen: Was willst du? Willst du wirklich langfristig YouTube als Job? Oder vielleicht nur mittelfristig, als Sprungbrett oder zum Ausprobieren?

Es ist total okay und gar nicht so dumm, wenn man sagt: »Gut, auf YouTube hab ich jetzt mal rumprobiert und im Idealfall gar nicht mal so unerfolgreich – jetzt such ich mir aber mal nen Job im Marketing oder beim Fernsehen.«

Ich selber hab das so hybridmäßig gemacht, weil ich mich nicht drauf verlassen wollte, dass das mit meinem Kanal ewig so weitergeht. Darum habe ich eine Marketingfirma gegründet, die sowohl mich als auch andere Künstler und Formate betreut, und damit ein Stück weit Sicherheit bekommen, dass ich nicht auf ewig alles alleine stemmen muss.

Tatsächlich hab ich aber einen Tipp, der dabei hilft, erfolgreich zu werden und es auch zu bleiben. Er klingt leider banal, aber das ist bei den meisten guten Tipps so: Setz' dir keine Maske auf!

Natürlich kann es sein, dass du mit dieser Maske großen Erfolg hast, aber das Dumme ist, dass diese Verkleidung dann Teil deines Erfolgs ist und du sie nicht einfach so wieder ausziehen und in den Schrank hängen kannst. Es gibt so viele Geschichten von Künstlern, die irgendwann mal die falsche Entscheidung getroffen haben und zeit ihres Lebens unglücklich damit waren.

Der Schlagerstar Roy Black wollte eigentlich Rock'n'Roll machen, aber das Publikum wollte immer nur »Ganz in Weiß« und dergleichen hören. Und selbst wenn du einfach nur erklären willst, dass du nicht identisch bist mit der Maske, unter der dich die Leute kennen, wird es schwierig: Leonard Nimoy, der Darsteller von »Mr. Spock«, hat in den Siebzigern eine Autobiografie mit dem Titel »I am not Spock« rausgebracht. Damit wollte er eigentlich nur sagen: »Es gibt Unterschiede zwischen mir und Spock.« Aber viele haben das als eine Art Abrechnung verstanden, und das Geschrei war riesengroß.

Zurück zu YouTube: Die Leute nehmen dich so wahr, wie du dich in deinen Clips gibst. Und mit dieser Außenwahrnehmung musst du dann leben. Wenn diese Figur, die du da verkörperst, aber inkohärent zu dem ist, wie du wirklich bist oder wie du dich selber siehst, dann kommst du irgendwann in die Bredouille. Und das kann viele ungeahnte Probleme bereiten.

Denn die Menschen erwarten jetzt von dir, dass du dich nicht nur in deinen Clips, sondern auch privat und in der Öffentlichkeit so gibst. Und wenn sie das nicht bekommen, dann sind sie enttäuscht, und das ist in Zeiten von Social Media leider deutlich problematischer als vielleicht vor zwanzig Jahren. Ein schlechter Ruf ist da draußen ganz schnell verteilt – es braucht nur einen Heini, der ein blödes Foto von dir macht, dazu einen Spruch, was du für ein aufgesetztes Arschgesicht bist, und einen Tweet.

Das klingt jetzt vielleicht nach Panikmache, aber YouTube ist noch einmal etwas ganz anderes als das Musiker- oder Schauspielgeschäft. Denn als erfolgreicher YouTuber oder meinetwegen Social Influencer gibst du deiner Community immer das Gefühl, dass sie dich kennt. Aus dieser scheinbaren Nähe, die auch durch die sozialen Netzwerke befeuert wird, entsteht eine Art »einseitiges Vertrauensverhältnis«: Die Menschen dort draußen vertrauen darauf, dass du genauso bist, wie sie denken, dass du bist. Und wenn du diese Erwartung dann enttäuschst, dann kann das drastische Folgen haben.

Also sei sehr vorsichtig und ehrlich mit dem, wie du dich gibst und was du an privaten Dingen öffentlich teilst. Sonst wirst du dir diese Maske, die du dir für die Videos aufsetzt, partout jedes Mal aufsetzen müssen, sobald du die Tür hinter dir zumachst, um genauso die Außenwirkung zu erhalten, die du in den Videos erzielst. Und das halte ich für nicht gesund. Außen- und Eigenwahrnehmung sollten immer kompatibel bleiben, sonst macht es krank.

Das sind hilfreiche Ratschläge, wie man erfolgreich *bleibt*. Aber wie *wird* man erfolgreich?

Ja, da möchte man jetzt wahrscheinlich ein Geheimrezept haben, hab ich aber nicht. Kann ich mir ja bei mir selber bis heute auch nicht erklären. Auf jeden Fall braucht man nach wie vor Geduld. Das geht nicht unbedingt von heute auf morgen. Und wenn es von heute auf morgen geht, dann heißt es nicht, dass es nicht von heute auf morgen auch wieder vorbei sein kann.

Es gibt kein Rezept.

Du kannst versuchen, etwas zu kopieren, dann musst du besser sein, sonst kannst du es gleich lassen. Oder du kannst in eine Sparte gehen, die funktioniert. Dann bist du vielleicht erfolgreich, aber mit hoher Wahrscheinlichkeit nicht lange und vermutlich noch nicht mal glücklich damit.

Und der Witz ist: Es gibt YouTuber, die haben vielleicht fünfzig Abonnenten und sind glücklich mit dem, was sie da tun – weil sie es gerne tun.

Ich hab Kanäle abonniert, die fünftausend Abonnenten haben. Klar, das ist heutzutage nicht gerade viel. Aber die machen gutes Zeug, und das zählt. Mit Geduld und Hingabe haben solche Kanäle eher die Chance, sich zu einem stabilen Ding zu entwickeln, als der Typ, der einmal hunderttausend Views hatte, weil er sich beim Spültabslutschen gleichzeitig die Socken angezündet hat. Don't try this at home.

Weißt du, wann ich mein erstes Abonnentenspecial gedreht

hab? Das war 2009/2010, und zwar für sechzig Abonnenten! Wow, mehr als fünfzig Abos!? Ich dreh ab! Das war wirklich ein großer Moment für mich, und ich denk oft daran, wie ich mich damals gefühlt habe.

Um heute mit YouTube so viel zu verdienen, dass du dir das Zimmer in der Studenten-WG finanzieren kannst, brauchst du eine große Regelmäßigkeit bei der Veröffentlichung und mindestens 100 000 Abonnenten. Das ist aber wirklich nur geschätzt, weil Abonnenten und Views überhaupt nicht mehr miteinander einhergehen. Es kann sein, dass du viele Abonnenten hast, aber deine Views das gar nicht widerspiegeln, oder umgekehrt.

Eine Katja Krasavice hat mit ihrem Tits, Ass & Sex Kanal etwas über eine Million Abos, aber ihre Clips haben vier bis achtzehnmal so viele Views. Mag sein, dass da auch eine Rolle spielt, dass sich der Vater das Abo lieber verkneift, bevor sich der Sohnemann auf dem Handy vom Papa mit großen Augen durch die YouTube-Liste klickt. Andersherum gibt's das natürlich auch. Du hast eigentlich viele Follower, aber aus irgendeinem Grund deutlich weniger Views als Abos. Dann hast du vermutlich zu irgendeinem früheren Zeitpunkt etwas verkauft, was du seitdem nie wieder so richtig eingelöst hast, und solltest mal überdenken, wo du mit deinem Kanal hinwillst.

Wie auch immer, wenn es okay läuft, kommt dann hoffentlich irgendwann der Punkt, wo du tatsächlich auf den Nebenjob verzichten kannst. Wenn du wirklich davon leben willst, brauchst du aber sehr gut geklickte Videos. Es ist jetzt kein Geheimrezept, aber rechnen wir mal mit 250 000 Abonnenten und zwei bis drei Videos die Woche. Wenn die Hälfte deiner Abonnenten auch die Videos schaut, dann kannst du vielleicht schon bescheiden davon leben. Auf jeden Fall kannst du darauf gut aufbauen – wohl wissend, dass sich das jederzeit ändern kann und dass es nicht komplett in deiner Macht liegt!

Denn du bist dem einzigen Global Player in dem Bereich komplett ausgeliefert, und dessen solltest du dir bewusst sein.

Ach ja, und noch was fällt mir da ein. Ich hab früher immer

gesagt: »Ich geh doch nicht an bestimmten Tagen zu bestimmten Uhrzeiten online. Das ist ja wie Fernsehen, das ist doch bescheuert.«

Doch dann habe ich irgendwann begriffen: Regelmäßigkeit und Verlässlichkeit, klare Uploadzeiten, ein Programmplan, das ist der Schlüssel zum Erfolg. Die Leute sollen wissen: Montag um 16 Uhr, Dienstag um 18 Uhr gibt's das und das, hurra! Allerdings sollte man mit weiteren Clips vielleicht gerade noch unregelmäßig genug sein, um es erstens nicht allzu starr werden zu lassen und zweitens nicht die Gaudi mit der Rundfunklizenz zu riskieren. Denn sobald du ein an Datum und Uhrzeit gekoppeltes und entsprechend angekündigtes Programm »ausstrahlst«, läufst du Gefahr, dass die Landesmedienanstalt dich als eine Art »Fernsehsender« einstuft. Wir sind dafür problemlos unregelmäßig genug, aber andererseits auch so verlässlich, dass die Leute da draußen glücklich sind. Hurra.

FLORIAN MUNDT hat Psychologie studiert, und wäre ihm nicht YouTube dazwischengekommen, dann hätte er diesen Beruf wohl auch ausgeübt. Wenn man sich heute seine Videos und Kommentare anschaut, kann man der Meinung sein, dass er dem Fach auf seine Art trotzdem treu geblieben ist.

Wenn du Psychologe geworden wärst, welches Berufsfeld hättest du dir ausgesucht?

Die »Systemische Familientherapie« ist ein Paradigma, hinter dem ich tatsächlich voll stehe. Ich mag daran sehr, dass man nicht davon ausgeht, dass ein bestimmter Mensch Schuld an Problemen in seinem Umfeld hat. Instinktiv denken viele, dass es da diese eine Person gibt, die »krank« ist, und wenn die gesund wäre und sich anders verhalten würde, dann wär' doch alles gut.

Die Systemische Familientherapie geht im Prinzip von einem »Symptomträger« aus, der sich nur aufgrund seiner Umwelt so verhält, wie er sich verhält. Ein Patient gilt also nicht mehr als »das personifizierte Problem«, sondern als jemand, der Symptome zeigt, die ein System auf ihn abwälzt.

Also schaust du nicht nur eine Person an und sagst: »Du musst dich ändern«, sondern du gibst dem System die Chance, sich zu offenbaren. Was ist sein Mikro- und sein Makrosystem, wo hält er sich auf, und was wirkt auf ihn ein, was ist eventuell dafür verantwortlich, dass er oder sie sich so verhält. Woher kommt zum Beispiel die Aggressivität, die Lustlosigkeit, die Traurigkeit? Und natürlich schaut man sich da den Familienkreis an: Gibt oder gab es Probleme im Elternhaus, in der Schule, ist er ein Mobbingopfer?

Mein Schwerpunkt war immer generell die Familientherapie und im Speziellen der systemische, sozialpädagogische Bereich.

Ich war während des Uni-Praktikums zum Beispiel in der Schulpsychologie Berlin-Wedding. Der Kiez ist nach wie vor eine Herausforderung, und damals war er es umso mehr.

Denn die Schulpsychologie ist ein chronisch unterbesetztes Feld. Ein großer Teil meiner Aufgaben bestand damals aus Testdiagnostik – das Grauen! Es gibt nichts Beschisseneres als IQ-Tests. Die führt man zum Beispiel bei verhaltensauffälligen Schülern durch, um zu sehen, ob sie vielleicht über- oder auch unterfordert sind. Beides kann der Grund für massive Probleme sein. Es geht aber manchmal auch nur um die sogenannte »Gymnasialempfehlung« – soll das Kind laut den Testergebnissen aufs Gymnasium gehen, oder wäre es vielleicht auf der Realschule glücklicher? In dem Fall musste ich den Eltern dann Sachen sagen wie: »Also, laut den Testergebnissen sollte man Ihrem Sohn nicht zum Gymnasium raten. Und bitte sagen Sie ihm doch, dass er aufhören soll, mit dem Kugelschreiber die Wand zu perforieren. Und falls es möglich ist, dass er dabei ein bisschen leiser brüllt, wäre das auch hilfreich für unser weiteres Gespräch.«

Die Antwort war immer die gleiche: »Was!? Mein Kind kann nicht aufs Gymnasium?«, gefolgt von Schnappatmung.

Meine Antwort war auch immer ähnlich: »Sie müssen sich da keine Sorgen machen, das ist kein Problem. Ihrem Sohn stehen nach wie vor unzählige Wege offen, einen tollen Job zu finden, der ihn erfüllt, und ein rundum geiles Leben zu führen.«

Dass es Eltern oft nicht unbedingt darum geht, was gut wäre für das Kind, ist ein Klischee. Und leider gibt es einen Grund für das Klischee, und das sind ebendiese Eltern.

Ich war lange Zeit kein guter Schüler und hab's auch irgendwie gepackt. Von zwei Gymnasien bin ich geflogen. Danach kam ich auf eine Gesamtschule, die eine gymnasiale Oberstufe hatte, und erst da hab' ich wieder den Sprung dorthin geschafft.

Es hätte genauso gut passieren können, dass ich weiter kaum was zustande kriege oder dass ich vollkommen versande. Unabhängig davon kenne ich genug Leute, die weder auf einem Gymnasium noch auf einer Uni waren und trotzdem richtig was draufhaben. In unserer Branche geht es sowieso nicht darum, welchen Bildungsweg du absolviert hast, sondern ob du was kannst.

Das ist es, was man sich dann anschaut: Was kann der oder die und wie ist die Person als Mensch so drauf? Kann und möchte man mit dem Typen arbeiten? Wenn man das alles mit »ja« beantworten kann, dann probiert man es mit ihm aus. Ich hab noch nie irgendwen bei einem Vorstellungsgespräch nach seinem Abschluss gefragt. Aber wie gesagt, das hängt natürlich vom Berufsfeld ab. In einer psychologischen Praxis würde ich mir die Papiere schon ganz genau ansehen.

Mein Hauptfeld in der Schulpsychologie im Wedding waren aber selbstmordgefährdete Jugendliche. Mit denen hab' ich einfach sehr viel Zeit verbracht. Aber als Praktikant von der Uni bist du da, vorsichtig gesagt, nicht der, der den Leuten das Leben rettet.

Du warst eher der, der denen, die Leben retten sollen, den Kaffee kocht?

Haha, ja, zumindest sollte das so sein – bei einem Praktikum geht es ja idealerweise eher darum, dass du mal ein bisschen mitläufst und dabei was von der Praxis mitbekommst. Aber da die dort so extrem unterbesetzt waren, hatte ich kaum Zeit zum Kaffeekochen, geschweige denn, einen zu trinken, ohne dabei gleichzeitig dreizehn andere Dinge zu erledigen. Und durch die intensive Beschäftigung mit den Jugendlichen hab' ich natürlich auch immer deren Probleme mit nach Hause genommen.

Ich hab schnell erkannt, dass man diesen Beruf nicht pünktlich zum Feierabend in einem Aktenordner abheften und weglegen kann. Die Gespräche und Probleme nimmt man mit nach Hause – und manchmal ist das auch gut so, da man so auch oft zu Lösungen kommt, die einem im Trubel des Tagesgeschäfts nicht eingefallen wären.

Manche stecken das weg, andere stecken es nur scheinbar weg und drehen irgendwann hohl. Und wieder andere suchen sich irgendein Ventil. Das kann alles sein, von Sport über Stromgitarrist in einer Punkband bis zum allabendlichen, stundenlangen Schreien unter der Bettdecke.

Wenn du dir von einem vierzehnjährigen Mädel angehört hast, dass sie weiß, wo bei ihr zu Hause der Rohrreiniger steht, und sie im Internet gelesen hat, dass es gar nicht so schlimm ist, wenn man davon einen Liter auf Ex trinkt, weil »Das dauert nur eine halbe Stunde, bis ich tot wär«, dann gehst du nach Hause und denkst darüber nach. Oder du machst es wie ich und fängst an, vor der Videokamera herumzuhampeln.

Somit kann man sagen, ich hab' der Schulpsychologie Berlin Wedding meinen heutigen Beruf zu verdanken. Also danke noch mal, und haltet durch!

Den praktischen Teil meines Studiums hab ich ja auch supergerne gemacht – ich war nur vom theoretischen Teil sehr enttäuscht. Und glaub mir, da bin ich nicht alleine. Teststatistik und Mathematik machen in den ersten Semestern gefühlte 99,9 Prozent aus. Und das nervt brutal!

Objektiv gesehen, kann ich natürlich nachvollziehen, dass Forschung, Studien und dergleichen für den Beruf extrem wichtig sind. Aber ich fand es tödlichst langweilig, denn es hat eben nur sehr indirekt etwas damit zu tun, Menschen bei ihren Problemen zu helfen. Nach meinem Bachelor und der hunderttausendsten statistischen Berechnung irgendeiner Auswertung hatte ich wirklich das Gefühl, ich muss jetzt irgendwas tun! Es musste möglichst das Gegenteil von Rumsitzen und Rechnen sein – also am besten irgendwas mit viel Gezappel und Gebrüll.

Nun hatte ich immer schon eine halbwegs kreative Ader. Bei aller Schulversagerei war ich ja trotzdem im Kunst-Leistungskurs, im Deutsch-Leistungskurs, in der Theater-AG und so weiter. Ich wollte … nein, ich *musste* irgendwas in dieser Richtung machen, um den anderen Wahnsinn irgendwie auszugleichen. Und dann sind tatsächlich meine Eltern auf die Idee gekommen, mir so einen 150-Euro DV-Camcorder zu kaufen.

Und da hab ich auf YouTube »Mika Francis« entdeckt, die heute den Kanal »Wild Daze« macht und die ich heute noch gern sehe. Sie hatte einen Clip mit dem selbsterklärenden Titel »15 Things I Found in My Room«.

Da dachte ich mir: »Hm … das probierst du jetzt einfach auch mal aus.« Bei allen künstlerischen Dingen steht ja am Anfang erst einmal die Nachahmung von Vorbildern und inspirierenden Machern. Ein Gitarrist wird vermutlich die Soli seines Lieblingsgitarristen studieren und zunächst versuchen, das halbwegs unfallfrei nachzugniedeln. Und zuerst läuft es ja auch immer ganz okay, weil man einfach noch so wenig weiß, dass man denkt: »Hey, klingt doch schon ganz gut.«

Denn das Problem ist ja, je weniger kompetent man ist, desto kompetenter schätzt man sich selbst gerne ein. Das Ganze ist bekannt als der »Dunning-Kruger-Effekt«, und jeder Mensch ist auf die eine oder andere Art davon betroffen: Die beiden Forscher Dave Dunning und Justin Kruger haben für diese Untersuchung und deren Auswertung den satirisch gemeinten Ig-Nobelpreis im Bereich Psychologie verliehen bekommen, aber ich finde, die hätten noch ganz andere Auszeichnungen verdient. Einfach gesagt, geht es darum, dass inkompetente Menschen sich selbst fälschlicherweise für kompetent halten – eben *weil* sie nicht kompetent genug sind, um zu erkennen, dass sie es *nicht* sind.

Ich geb dir ein Beispiel: Du kochst zum ersten Mal irgendwas, du hast das Rezept richtig rum gehalten, als du die Zutaten zusammengeworfen hast, und es brennt auch nicht sofort an, wie sonst. Dann sagt deine Freundin vielleicht noch: »Hey, das schmeckt ja sogar richtig gut.« Und du denkst dir: »Is ja gar nich so schwer mit dem Kochen.« Ergo ziehst du los, kaufst dir eine bessere Pfanne, eine Schürze, einen Kochlöffel und ein paar Gewürze. Du ergoogelst dir ein paar Infos, schaust ein paar Tutorials an, und nur zwei Wochen später redest du mit deinen Kumpels schon darüber, wie man ein Steak erst scharf anbrät und dann im Ofen fertig gart.

Eben *weil* du innerhalb von so kurzer Zeit mit entsprechend wenig Praxis in Wirklichkeit noch überhaupt keine Ahnung haben kannst, wie man tatsächlich gut kocht, hast du erst einmal das hübsche Gefühl, dass das im Großen und Ganzen echt rundläuft. Also bist du entsprechend motiviert und machst immer weiter, probierst aus, liest was drüber, besuchst vielleicht sogar ein paar Kurse und interessierst dich ganz allgemein für das Thema. Erst dadurch erlangst du wirklich Kompetenz!

Wenn du jetzt nach drei oder vier Jahren zurückblickst auf den Bampf, den du ganz am Anfang mit Maggi fix und Soße drauf zusammengerührt hast, dann ist dir natürlich klar, dass das mit »Kochen« so viel zu tun hatte wie Lego Duplo mit Raketentriebwerkstechnik.

Hättest du damals schon gewusst, wie lange es dauert, bis du es wirklich draufhast, hättest du vielleicht gar keinen Bock auf die ganze Gaudi gehabt. Also ist der Dunning-Kruger-Effekt tatsächlich essenziell, damit wir Menschen überhaupt etwas anpacken, ohne sofort desillusioniert abzuwinken.

Andererseits nervt der Dunning-Kruger-Effekt natürlich wie die Sau, wenn du tatsächlich was draufhast und jemand vor dir steht, der null Ahnung hat und trotzdem ohne Ende auflabert. Das Internet und das gesamte Medienbusiness sind voll von solchen Leuten, die der festen Überzeugung sind, dass sie und nur sie allein wissen, wie es läuft.

Und leider sind das meistens genau ausgerechnet die, die wirklich überhaupt keinen Schimmer haben – und genau deswegen tun sie sich auch so leicht, so einen Scheiß zu verbreiten. Sie wissen ja nicht, wie scheiße der Scheiß ist, den sie gerade verzapfen!

Verschwörungstheorien sind generell ganz tolle Beispiele für den Dunning-Kruger-Effekt: Nur wenn ich überhaupt keine Ahnung von technischen, physikalischen und gesellschaftlichen Zusammenhängen habe, bin ich bereit zu glauben, dass Flugzeuge mit ihren Kondensstreifen heimlich einen giftigen Chemiecocktail rausblasen.

Nur wenn ich mich allen öffentlich zugänglichen Fakten und Erkenntnissen verschließe und mir dabei oft genug mit einem stumpfen Gegenstand den Hinterkopf versohle, kann ich vielleicht der Meinung sein, dass die Erde flach und die Sonne ganz nah und nur fünfzig Kilometer im Durchmesser ist. Und nur wenn ich mir dann noch mit ner Pommesgabel durch die Nase den vorderen Stirnlappen lobotomisiere, komme ich eventuell zu der Überzeugung, dass die mächtigsten Menschen der Welt längst durch gestaltwandlerische Echsenwesen ausgetauscht wurden.

Das alles geht nur, wenn ich himmelschreiend inkompetent bin und das auch bleibe. Sobald ich nur ein Quäntchen wissenschaftliche Fakten an mich heranlasse und somit ein Hunderttausendstel kompetenter werde als zuvor, stürzt der ganze blühende Schwachsinn in sich zusammen.

Und ich schließe daraus messerscharf, dass es einen Zusammenhang zwischen dem Dunning-Kruger-Effekt und deiner Karriere gibt?

Na, aber Hallo. Ich hab' nämlich tatsächlich auch so ein »15 Things I Found in My Room«-Video gemacht, wie ich das bei Mika gesehen hatte. Ein bisschen was wusste ich ja über Videodreh von den AGs in der Schule, aber natürlich nicht ansatzweise genug, damit das direkt vom Fleck weg ein geiler Clip werden konnte! Trotzdem hab ich es gemacht, hochgeladen und war stolz drauf – logo! Dunning-Kruger in full swing sozusagen, aber hätte ich das damals nicht gemacht oder direkt erkannt, wie wenig wirklich geil das war, dann säßen wir heute nicht hier.

Ich hab einfach die Mühle eingeschaltet, dabei rumgelabert und mich eckig durch den Raum bewegt, das Ganze geschnitten und dann noch irgendwelche Musik viel zu laut drübergelegt. Katastrophe.

Bevor du fragst – das Video und viele andere Clips aus der Anfangsphase gibt's nicht mehr auf YouTube, denn die Musik war mal eben ultrahart urheberrechtsverletzend. Auch davon hatte ich natürlich keinen Schimmer und viele andere YouTuber aus der Anfangszeit ebenso wenig.

Aber so hab ich gelernt, wie das geht: wie kommt es besser rüber, wie schneidet man das effektvoll, aha, man muss Musik irgendwie rauf und runter faden, oho, Pausen sind manchmal cool und manchmal kacke und so weiter.

Aber es war irgendwie gut, ich hatte von Clip zu Clip immer mehr Spaß daran.

Das Verlangen, MICH zu zeigen, stand dabei nicht im Vordergrund, ich wollte Inhalte schaffen und was kreieren. Im Nachhinein war das vielleicht auch das »Geheimnis meines Erfolges«, weil es mir nie darum ging, mich im besten Licht zu zeigen oder sonst wie anzupreisen. Mir waren immer vor allem die Inhalte, die Texte, die Pointen und Ideen wichtig.

Mir war überhaupt nicht klar, dass das mal mehr werden könnte als ein kreativer Ausgleich zum IQ-Test von Chayenne-Jennifer und Co.

Die erste Ahnung, dass sich daraus mehr entwickeln könnte, bekam ich auf einem der allerersten Gamescom-Events. Ich glaube, die hieß damals noch Games Convention und fand nicht in Köln, sondern in Leipzig statt.

Da kam ein Kollege zu mir und sagte: »Ey, hast du das mitgekriegt? Man kann auf YouTube jetzt Geld verdienen mit den Clips!«

Ich hab den erst angeschaut wie ein Reh im Fernlicht und dann abgewunken: »Ja klar, verarsch mich nicht, Alter.«

»Doch!«, sagte der. »Da kann man jetzt Werbung vorschalten.«

Das war natürlich spannend, aber auch ein Risiko. Bis dahin war YouTube eine ziemlich unkontrollierte, unzensierte Plattform für Selbstverwirklichung durch Videoclips, und ich hatte das zu dem Zeitpunkt schon etwa vier Jahre lang betrieben.

Klar hatte ich die Sorge, dass der Ruf oder vielleicht sogar die Inhalte leiden könnten – und nicht nur ich. »Werbung« haftet ja immer ein Beigeschmack von »Ausverkauf« an, und das nicht zu Unrecht.

Aber da ich mir dessen total bewusst war und auf nichts weniger Bock hatte, als mich verbiegen zu lassen, konnte ich diese Herausforderung sozusagen sehenden Auges annehmen und entsprechend darauf achten. Also hab' ich mich damals für die heute sogenannte *Monetarisierung* beworben, wurde aber wegen meiner Inhalte zunächst zweimal abgelehnt.

Für mich kam aber überhaupt nicht infrage, meine Clips anders zu gestalten, um in das Werbeprogramm zu kommen. Also machte ich stur genauso weiter wie bisher und probierte es einfach ein drittes Mal. Schließlich machte es »bing«, und ich konnte meine Videos doch monetarisieren. Das war sozusagen der zweite Anfang meiner Karriere bei YouTube. Denn ohne dieses Tool hätte ich das niemals zu meinem Beruf machen können.

Heute ist es kaum vorstellbar, dass es mal eine Zeit gab, in der man mit YouTube kein Geld verdienen konnte.

Klar laden immer noch Leute mal lustige Videos hoch – einfach nur, damit es irgendwer sehen kann.

Aber die Entscheidung, ob man dann auch einen YouTube-Kanal gründet und entsprechend pflegt, hängt heute jetzt meistens mit den Verdienstmöglichkeiten zusammen – oder sagen wir besser: mit den erhofften Verdienstmöglichkeiten. Denn die allerwenigsten Kanäle verdienen damit mehr als den Gegenwert einer Currywurst mit Pommes und kleinem Kaltgetränk. Und das geht auch nur, wenn man eine bestimmte Anzahl Views hat – ansonsten wird man für das Monetarisierungsprogramm eh nicht zugelassen. 2017 brauchte man dafür 10 000 Klicks pro Kanal, aber seit Februar 2018 sind es satte 1000 Abonnenten und noch sattere 4000 Stunden Videoabrufe.

Das hat logischerweise zur Folge, dass jemand, der mit einem einzigen, kurzen Clip rein von den Views her der absolute Superhit ist, trotzdem keinen Cent damit verdient, weil ihm die Abos und die insgesamte Stundenanzahl der Aufrufe fehlen. Du musst also schon mal tendenziell längere Videos machen, was so gut wie nie zu besseren Videos führt.

Dass zum Beispiel eine Fernsehserie nicht automatisch besser wird, wenn man sie auf mehrere Folgen streckt, sehen wir ja gelegentlich bei Netflix und Co. Das Gegenargument, dass viele Kinofilme in der Extended Edition tatsächlich besser sind als in der kürzeren Kinofassung, würde ich nicht gelten lassen. Denn es ist ein Unterschied, ob ich aus einem Kinofilm etwas entfernen muss, obwohl ich das eigentlich gar nicht will, oder ob ich in eine Fernsehserie etwas einbauen muss, obwohl die Story besser und stringenter laufen würde, wenn ich es weglassen könnte.

Außerdem – und das ist für mich das eigentliche Problem – sterben dadurch viele kleine, supermotivierte Kanäle aus, oder probieren es erst gar nicht. Denn für einen kleinen Kanal, den jemand nachts neben seinem Job betreibt, machen die hundertfünfzig Euro unter Umständen einiges aus.

#seinodernichtsein

#authentisch

#meinung

#memphismafia

#schule

#ruleofspiderman

#influencer

#graustufen

#notsobreitband

#clickme

#luxus

#erschöpfung

#erfolg

#psycho

#copyrights

#öffentlichrechtliche

#netzliebe

YOUTUBE BEZIEHUNGSWEISE Google und die »Gesellschaft für musikalische Aufführungs- und mechanische Vervielfältigungsrechte« (GEMA) begannen im Jahr 2009 eine langwierige Auseinandersetzung über Verwertungsrechte und deren Abgeltung, die erst 2016 beigelegt werden konnte.

Für die Videomacher auf YouTube bedeutete das unter anderem, dass sie keine bekannten Songs verwenden konnten, ohne damit rechnen zu müssen, dass das zu Problemen führt. Auch bei anderweitig tatsächlich oder vermeintlich geschützten Inhalten war und ist die Lage nicht immer eindeutig.

Wie gehst du um mit den Themen Leistungsschutz und Urheberrecht?

Generell bin ich erst mal schwer dafür, dass jemand, der was kreiert, dann auch ansagen darf, was damit getan oder gelassen wird. Nun gibt es aber in Deutschland auch das Zitatrecht, worauf sich zum Beispiel Stefan Raab bei »TV Total« gestützt hat, wenn er Ausschnitte aus anderen Sendungen gezeigt hat.

Diese Szenen gehörten ja nicht dem Raab, sondern er durfte sie sozusagen *zitieren*, da die Clips in seiner Sendung redaktionell aufbereitet und reflektiert wurden. Vereinfacht gesagt: Du darfst also nicht einfach was beim ZDF aufnehmen und es kommentarlos in voller Länge bei RTL zeigen. Du darfst aber Ausschnitte aus der ZDF-Sendung zeigen, wenn du bei RTL ein Format machst, das sich mit bestimmten Inhalten beschäftigt, für die diese Ausschnitte relevant sind.

Jetzt ist es aber bei YouTube so, dass das Zitatrecht zwar rechtlich besteht, aber in der Praxis gar nicht so einfach durchzusetzen ist. Denn wenn der Verdacht naheliegt, dass da geklaute Inhalte verbreitet werden, wird dein Clip von YouTube *gestriked* – du wirst entweder verwarnt, oder dein Clip ist plötzlich nicht mehr aufrufbar. Unter Umständen kann auch dein gesamter Kanal von einem Strike betroffen sein. Dieses zum größten Teil automatisierte System kann dich manchmal den letzten Nerv kosten.

Zum Beispiel war ich mal in der Talkshow von Markus Lanz, und da wurden Ausschnitte aus meinem Interview mit Angela Merkel gezeigt, welches auf meinem Kanal veröffentlicht worden war. Lanz hat also *meine* Inhalte redaktionell zitiert, was er ja nicht nur generell darf, sondern in dem Fall ja auch tun sollte. Nach der Show wollten dann eine Menge Menschen saugerne das komplette Merkel-Interview sehen – das war auf meinem Kanal aber verschwunden. Denn da Teile davon auch beim ZDF zu sehen waren, hatte YouTube es automatisiert gestriked – wohl davon ausgehend, dass im Zweifel das Fernsehen immer recht und der YouTuber immer unrecht hat. Oder was weiß ich, warum.

Auf jeden Fall hatte ich nun gerade einen TV-Auftritt absolviert, um von meinem Interview zu erzählen, und danach konnte das dann keiner sehen. Und es dauert unter Umständen richtig lang, bis so was endlich wieder freigegeben wird.

Es gibt viele Beispiele von YouTubern, deren Inhalte irgendwo im TV zitiert wurden, und dadurch, dass die Sender auch YouTube-Kanäle haben, erkennt der Algorithmus da eine Dublette. Die eine Seite wird drauf hingewiesen, dass da jemand die gleiche Grütze zeigt, und die andere Seite wird verwarnt bzw. gestriked. Je nachdem, wie der Algorithmus in der Früh geschissen hat, wirst entweder du oder der andere verwarnt. Außerdem kann sich jeder jederzeit beschweren, wenn er meint, dass du etwas zu Unrecht zitiert hast, und schwupp, bist du gestriked. Du kannst dir vorstellen, was das Nerven kostet, wenn es jemand nicht unbedingt nett mit dir meint.

Ich finde, Deutschland hat generell noch viel zu lernen, wenn es um den sogenannten »Fair Use« geht. In den USA kannst du Material von Dritten einbinden, wenn es zum Beispiel um Kritik an der Sache geht, oder wenn du dazu Stellung beziehen willst. Du darfst auch darüber redaktionell berichten, und man darf Material auch zitieren, wenn es um Wissenschaft oder Bildung geht. Parodieren darf man auch, wenn es eindeutig ist. All das stellt keine Urheberrechtsverletzung dar und gibt den Creators entsprechend viele Freiheiten.

Wenn ich aber in Deutschland etwas erwähne, dazu Quellenangaben und Verlinkungen liefere, und es eindeutig redaktionell aufarbeite und somit zu 101 Prozent analog gemäß dem Zitatrecht handle, dann sollte es meiner Meinung nach nicht so einfach möglich sein, mir das zu verwehren.

Heute kann jeder, dem meine Kritik an seinem Material nicht gefällt, erst einmal pauschal sagen: »Gefällt mir nicht! Weg damit!« Und wenn es bei YouTube gemeldet ist, dann ist es erst mal weg. Das wird dann von irgendwem händisch geprüft, und der Typ ist anscheinend immer entweder zu Tisch oder krank oder im Urlaub. Zumindest dauert so eine Prüfung schlappe zehn Werktage – also zwei Wochen! Unter Umständen hat mein Beitrag in dieser Zeit jegliche inhaltliche Relevanz verloren.

Es kann dir aber auch passieren, dass du in Absprache mit Warner Bros. ein Let's Play zu einem ihrer Titel machst, und am nächsten Tag ist dein Video gestriked.

Es ist schon oft vorgekommen, dass YouTube die ganze Sache automatisch verkehrt herum ausgelegt hat, und obwohl ich weiß, dass das automatisiert ist, wirkt es oft so, als säße da neben dem Typen, der immer weg ist und eigentlich die Strikes prüfen soll, noch jemand: Eine grundsätzlich schlecht gelaunte Dame mit Hornbrille und einer Thermoskanne kaltem Filterkaffee, die vor sich einen grünen und einen roten Knopf hat. Der grüne Knopf ist daumennagelgroß, leicht zu verfehlen, und jemand hat nachträglich winzig klein und unleserlich »pro Creator« draufgekrakelt. Der rote Button nimmt den Rest der Tischplatte ein und drauf steht in weithin sichtbaren, riesigen Lettern: STRIKE THIS CHANNEL NOW MUHAHA.

Natürlich wird das ganze System immer wieder verbessert, und ich muss noch einmal wiederholen, dass ich logischerweise DAFÜR bin, dass keiner den Kram von anderen einfach klauen und hochladen darf.

Künstler und Kreative sollten sichtbar genannt und angemessen entlohnt werden, wenn ihre Werke benützt werden. Im Detail funktioniert das aber eben noch nicht so wirklich geil, und es kommt immer wieder zu nervigen Problemen auf beiden Seiten.

Die GEMA-Geschichte ist auch so eine Sache, die man mal wieder differenziert betrachten muss. Da ist es mit pauschalem, sogenannten GEMA-Bashing nicht getan. Umgekehrt aber auch nicht.

Am Anfang konntest du auf YouTube machen, was du wolltest, mit wem du wolltest, über was du wolltest, mit der Musik, die du wolltest. Das war aber nicht so, weil das alles erlaubt war, sondern weil da ein rechtsfreier Raum entstanden war. Eine Urheberrechtsverletzung war es natürlich auch damals schon.

Nun finde ich die GEMA schwierig, weil sie meiner Meinung nach auftritt, als wäre sie eine staatliche Behörde, was sie nicht ist. Dieser tendenziell unsympathisch-uneinsichtige Tonfall hat nicht nur auf mich, sondern auch auf viele andere eine entsprechend negative Wirkung, und ich verstehe überhaupt nicht, warum da niemand sagt: »Lasst uns doch mal sprechen wie normale Menschen und unsere Anliegen in Zukunft so kommunizieren, dass uns nicht jeder gleich nach zwei Sätzen total kacke findet.« Deshalb empfinde ich die GEMA grundsätzlich erst einmal als unsympathisch, auch wenn mir vollkommen klar ist, warum es diesen Laden gibt und dass er grundsätzlich natürlich einen Sinn erfüllt.

YouTube hatte ja eine ganze Zeit lang viele Clips gesperrt und stattdessen eine Schrifttafel gezeigt, auf der stand: »Leider ist dieses Video in Deutschland nicht verfügbar, da es Musik enthalten könnte, für die die GEMA die erforderlichen Musikrechte nicht eingeräumt hat.« Damit hat YouTube erfolgreich Stimmung gegen die GEMA gemacht und Millionen genervte User gegen den Verein aufgejuckelt. Letztlich hat die GEMA gegen die Formulierung geklagt und recht bekommen. Daraufhin hat YouTube folgenden Text eingeblendet: »Dieses Video ist in Deutschland leider nicht verfügbar, da es Musik enthalten könnte, über deren Verwendung wir uns mit der GEMA bisher nicht einigen konnten. Das tut uns leid.«

Zwar konnte man den Clip nach wie vor nicht sehen, aber es ist schon ein gewaltiger Unterschied, ob der Eindruck entsteht, dass die GEMA die Rechte nicht freigibt, oder ob man erfährt, dass man sich noch nicht über die Verwendung einigen konnte. Ende 2016 haben sie sich dann ja doch geeinigt, und seitdem ist es an der Front auch ruhiger geworden.

Für meine Kanäle ist die GEMA aber gar nicht so wichtig. Ich brauche für meine Clips eh keine Rihanna-Songs. Es gäbe ja jetzt auch eine YouTube-eigene Library mit Musik und Sound Effects, die ich problemlos in monetarisierten Videos nützen könnte, aber das kam, mit Verlaub, reichlich spät.

Viel lieber biete ich aber neuen Leuten eine Plattform und gebe ihnen die Möglichkeit, neue Songs und neue Sounds zu fairen Bedingungen zu produzieren.

Ich arbeite supergern mit freien Kreativen, und wir regeln das zu beidseitiger Zufriedenheit durch Bezahlung, Monetarisierung oder andere Modelle. Find ich viel cooler und die Künstler genauso.

#seinodernichtsein

#authentisch

#meinung

#memphismafia

#schule

#ruleofspiderman

#influencer

#graustufen

#notsobreitband

#clickme

#luxus

#erschöpfung

#erfolg

#psycho

#copyrights

#öffentlichrechtliche

#netzliebe

NEBEN GEMA und Co. entzünden sich viele Diskussionen im Web immer wieder am öffentlich-rechtlichen Fernsehen und dem Rundfunkbeitrag. Insbesondere LeFloid muss immer wieder als Beispiel für beide Sichtweisen herhalten: als Argument für die schwindende Relevanz von ARD, ZDF und Co. sowie dafür, warum Letztere nach wie vor wichtig sind.

Was sagst du als YouTuber denn zum Thema »öffentlich-rechtlicher Rundfunk«?

Ich als Tatort-Schauer … Ich gebe zu, dass da zwei Herzen in meiner Brust schlagen. Einerseits hätte ich das Angebot der Öffentlich-Rechtlichen gerne als On-Demand-Service. »Will ich es nicht bezahlen, dann darf ich es auch nicht hören oder sehen.«

Das Problem ist aber, dass es nicht nur um mich geht. Und mir scheint, dass dies das fundamentale Missverständnis ist, welches den meisten Diskussionen über das Thema zugrunde liegt.

Ich glaube weiterhin fest daran, dass wir den öffentlich-rechtlichen Rundfunk dringend brauchen.

Es ist wichtig, dass es Medien gibt, die durch diesen

Rundfunkbeitrag finanziert werden und nicht durch Werbung oder andere Interessen. Wir brauchen einen Zugang zu Nachrichten eines Mediums, das sich nicht kaufen lässt. Und zum Beispiel bei der *Tagesschau* gehe ich fest davon aus, dass die unabhängig berichten. Aber es geht mir da nicht nur um Nachrichten: Auch der Berliner Sender Radio Fritz wirbt ja damit, dass er sich zum Beispiel seine Charts nicht kaufen lässt. So was finde ich richtig und wichtig.

Mir ist vollkommen klar, dass das unzählige Menschen da draußen ganz anders sehen und davon ausgehen, dass wir auch von den öffentlich-rechtlichen Sendern nur belogen und betrogen oder manipuliert werden. Aber bei den Begriffen *Staatsfunk, Merkel-TV* oder *Lügenmedien* kann ich leider nur noch die Augen verdrehen. Wer echten Staatsfunk erleben will, der soll bitte nach Russland oder noch besser nach Nordkorea ziehen und sich das dortige Fernsehen geben.

Schaut euch mal auf YouTube das Nordkoreanische Staatsfernsehen an. Der YouTube-Kanal *stimmekoreas* ist da schon mal der erste Anlaufpunkt, denn da sieht man, wie sich Nordkorea dem Rest der Welt präsentieren möchte. Das erfolgreichste Video mit über vier Millionen Views trägt den malerischen Titel »North Koreas Powerful Elite Troop's Martial Arts Training« und zeigt im Vorschaubildchen einen Soldaten, der einem anderen Typen mit einem Beil in die Hand hackt.

Zehn Millionen fanden wohl den Beitrag »Kim Jong Un At Opening Of New Meat Shop« wahnsinnig spannend. Da kann man zehn Minuten lang zuschauen, wie der Herr Diktator an Kühlregalen vorbeiläuft. Diese epochale Sternstunde internationaler Berichterstattung wird untermalt mit ultrapositiv berauschender Orchestermarschmusik, die klingt, als hätte Mr. Kim durch die Ladeneröffnung gerade den Dritten Weltkrieg gewonnen.

Wer zwanzig Minuten Zeit übrig hat und diese auch nicht mehr wiederhaben will, der kann mal auf den Bericht »Kim Jong Un And His Wife Visit Kindergarden« klicken. Zu sehen ist exakt das: Kim Jong Un und Frau tapsen durch die Räumlichkeiten eines

Kindergartens. Dazu wieder Musik Marke Uplifting Faktor Tausend und darüber die Stimme einer weiblichen Kommentatorin, die ihre freudige Erregung offensichtlich kaum im Zaum halten kann. Sie bebt vor orgiastischer Begeisterung, während Herr und Frau Kim gekachelte Räume abschreiten, in denen Kinder spielen, tanzen oder festlich dekoriert herumstehen.

Der Titel des Clips »Big North Korean Military Exercise With Exploding Ships« kündigt ebenfalls genau das an, was man zu sehen bekommt: Zwanzig Minuten lang Artilleriegeballer zu blecherner Marschmusik.

Das ist echtes Staatsfernsehen und ja, ich könnte gut verstehen, dass dafür keiner zahlen will. Ich würde freiwillig dafür blechen, es nicht sehen zu müssen.

Wer mir hierzulande mit der Staatsfunk-Keule kommt, weiß nicht, was Staatsfunk ist – was besonders verwunderlich ist, wenn es sich um Ex-DDR-Bürger handelt, die den *Schwarzen Kanal* und Co. noch bewusst miterlebt haben.

Natürlich wäre es einfach, zu sagen: Okay, du willst nicht für den öffentlich-rechtlichen Rundfunk bezahlen, dann darfst du den auch nicht nutzen. Das ist aber leider völlig verantwortungslos, denn jedem vernunftbegabten Wesen sollte klar sein, dass es für die Gesellschaft nicht gesund wäre, wenn wir die Menschen nicht mehr mit Themen und Sichtweisen konfrontieren könnten, die sie eigentlich ablehnen oder aufgrund mangelnder Kompetenz durch fehlenden Zugang zu Information total falsch einschätzen.

Gerade die Filterblasen sind heutzutage eine reale Gefahr für die Bildung einer fundierten, wissensbasierten Meinung, und wenn diese Blasen sich ungehindert zu Mauern verhärten können, weil jeder nur noch die News an sich ranlässt, die er für Geld abonniert hat, dann bekommen wir noch größere Probleme.

Ich sehe die Rundfunkgebühr als einen solidarischen Beitrag, so wie Steuern und andere Abgaben idealerweise gemeint sind: Ich zahle zusammen mit allen anderen für die Müllabfuhr, für die Straßenbeleuchtung und dafür, dass sich jemand darum kümmert, dass nach einer durchschneiten Nacht die Straßen halbwegs befahrbar sind. Genauso zahle ich auch meine Rundfunkgebühren und sorge so dafür, dass insgesamt ein Budget da ist, für das man dem Land flächendeckend Informationen, News, Dokus, Unterhaltung und Kultur zur Verfügung stellen kann. Eben nicht nur für mich, sondern für alle.

Wir können den öffentlich-rechtlichen Rundfunk nicht abschaffen. Schon allein aufgrund dessen, was die sozialen Netzwerke gerade so treiben. Facebook zum Beispiel sagt jetzt: das Nutzerinterface ist uns wichtiger als die Informationsvielfalt. Wir hätten gerne mehr Interaktion, und das auf Kosten der Vielfalt. Gott sei Dank kam das ja auch an der Börse nicht gut an. Aber warum hat Zuckerberg das überhaupt gesagt?

Die Antwort lautet erstens: Stärkere, dauerhaftere Bindung an das Produkt durch mehr Interaktion. Wenn du auf Facebook laufend in einen Austausch nach dem anderen oder in mehrere gleichzeitig verwickelt bist, hast du ein viel größeres, emotionales Bedürfnis, Facebook zu nützen, als wenn du zum Beispiel nur News und Infos checken willst.

Und zweitens ist es so, dass die Zahl der Nutzer steigt, je weniger deine Plattform polarisiert. Ohne Ecken und Kanten stößt sich auch keiner an irgendwelchen Inhalten, und man hat weniger Grund, sich wieder von dem Dienst abzumelden.

Analog dazu kostet es ab sofort viel mehr, wenn du Werbung auf Facebook schaltest, um dann auch gesehen zu werden. Denn genau das ist mit der reduzierten »Informationsvielfalt« gemeint.

Man kann zynisch feststellen, dass Zuckerberg seinem Produkt mit dieser Entscheidung von der Verkaufbarkeit her gutgetan hat, obwohl er damit kurzfristig an der Börse verliert. Allerdings hat er jetzt mit Cambridge Analytica, Fake News, Trump und den Russen ganz andere Probleme, die ihn ja sogar zu einer öffentlichen Entschuldigung und einem Auftritt vor dem Senat genötigt haben.

Ich für meinen Teil verweigere mich der bezahlten Werbung

in Social Media generell und bei Facebook erst recht. Das ist bei mir eine reine Trotzreaktion: Bevor Facebook 20 Dollar von mir bekommt, drucke ich lieber Plakate und häng die mit Tesafilm für 2,50 Euro in die umliegenden Schaufenster.

Klar können Facebook und Twitter für bestimmte Marken und Vorhaben sinnvolle Tools sein, die es so vor ein paar Jahren noch nicht gab. Aber manchmal hab ich so den Eindruck, wir müssen alle noch üben oder mindestens rausfinden, wie wir damit wirklich sinnvoll umgehen – die Betreiber der Dienste genauso wie die Politik, die Rechtsprechung und die User selbst.

Social Media ist auf jeden Fall überhaupt kein Ersatz für eine Berichterstattung, wie man sie hierzulande von den öffentlich-rechtlichen Rundfunk- und Fernsehanstalten bekommt. Darum gibt es für mich da im Moment keine andere sinnvolle Alternative als diesen vielgehassten Rundfunkbeitrag.

Was ich aber total nachvollziehen kann, ist die Kritik daran, wie mit dem zur Verfügung stehenden Budget umgegangen wird. Leute … Das ist so viel Kohle! Dann finanziert damit aber bitte auch mehr sinnvolle Geschichten.

Mit den Milliarden, die das öffentlich-rechtliche Fernsehen jährlich einnimmt, könnten sie wirklich auch andere Dinge realisieren als die, die sie gerade anfassen – und zwar für eine Generation, die jünger ist als fünfzig plus!

Aber ich weiß aus Gesprächen mit Leuten, die da mitmischen, dass sich da schon was tut.

Und böse formuliert stirbt ARD, ZDF und Co. in den nächsten zehn Jahren ja auch die Hauptzielgruppe weg.

Dann werden sie also notgedrungen für eine Generation produzieren müssen, die das Internet zumindest in seinen rudimentärsten Zügen als existent begriffen hat, und das wird sich in irgendeiner Form niederschlagen.

Insgesamt würde ich sagen: Die sind auf einem guten Weg, aber es geht alles so arschlaaangsaaaaaam … Ein positives Beispiel sind die Mediatheken; die funktionieren im Großen und Ganzen wirklich gut. Die Bildqualität ist okay, und es ist auch immer mehr möglich, zielgerichtet nach Inhalten zu suchen und die dann auch senderübergreifend zu finden.

Weniger geil läuft aus meiner Sicht die Entwicklung neuer Formate. Da hat das Projekt *Funk* zumindest dran gekratzt, muss jetzt aber auch wieder etliche Shows fallen lassen, weil man sieht, dass es so wohl doch noch nicht funktioniert. Uns als YouTube-Creator geht meistens der fehlende Mut auf die Nerven sowie die irrsinnige Zeit, die verschwendet wird, bis endlich mal was auf Sendung geht.

Du denkst, okay nach dem hundertsten Meeting haben wir es jetzt endlich und können mal loslegen. Aber dann kommt wieder eine Mail mit dem Betreff »Gesprächsbedarf« und es wird weiter diskutiert und abgewägt und rumgeändert und verwässert, bis ich irgendwann sage: »Leute, jetzt hab' ich echt keinen Bock mehr. Erstens ist das nicht ansatzweise das, was wir eigentlich machen wollten. Zweitens sollen wir es jetzt in einer Konstellation umsetzen, die mir wirklich überhaupt nicht passt, und drittens ist jetzt so viel Zeit vergangen, dass ich inzwischen zehnmal so viele Formate entwickeln, drehen und veröffentlichen hätte können.«

Bei einem Projekt für *Funk* haben wir mal wirklich jede Stufe mitgemacht, die man nur mitmachen kann. Immer wieder ging es hin und her und es war einfach nur noch ermüdend.

Als wir uns dann am Ende geweigert haben, mit einem Produzenten zu arbeiten, den man uns sozusagen als Bedingung vor die Nase gesetzt hat, hab ich abgelehnt und das war letztlich der Dealbreaker. Einerseits schade, andererseits wieder was gelernt. Vielleicht sogar beidseitig, aber das kann ich nur vermuten.

#seinodernichtsein

#authentisch

#meinung

#memphismafia

#schule

#ruleofspiderman

#influencer

#graustufen

#notsobreitband

#clickme

#luxus

#erschöpfung

#erfolg

#psycho

#copyrights

#öffentlichrechtliche

#netzliebe

WENN MAN FLO genau zuhört, bemerkt man irgendwann eine Art von Hassliebe zu Internet und Social Media bei ihm. Auf der einen Seite gibt es ihm alles, was er mag und braucht: den frei zugänglichen Meinungsaustausch, den Beruf, eine Berufung … und auf der anderen Seite die negativen Auswüchse, den Missbrauch, die Gefahren.

Würdest du dein Verhältnis zum WWW als ambivalent bezeichnen?

Jetzt wollte ich wirklich gerade antworten: »Ja und nein!« Haha, Freud lässt grüßen. Also, es heißt ja nicht, dass ich automatisch das gesamte Internet voll supigeil finden muss, obwohl ich insbesondere Social Media viel verdanke.

Das schließt YouTube übrigens mit ein: Viele Medienpartner, mit denen wir arbeiten, schätzen YouTube immer noch total falsch ein, weil sie es nicht als soziales Netzwerk verstehen. YouTube unterscheidet sich aber von Facebook, Twitter, Instagram, 4chan und Co. gar nicht so sehr. Der einzige, wesentliche Unterschied ist, dass du keine einzelnen Foren-Threads hast, sondern

Videos – und unter denen läuft es dann eigentlich ganz genauso ab wie bei allen anderen sozialen Netzwerken: Ich kann bei YouTube was oben anpinnen, ich kann die meistkommentierten und meistdaumierten Kommentare sehen und unter den einzelnen Kommentaren dann die sogenannten Sub-Threads, in denen über den jeweiligen Beitrag diskutiert wird.

Bei Facebook ist der Aufhänger ein Posting, bei Instagram im Wesentlichen ein Bildchen oder auch ein Clip, auf Twitter ein Statement, ein Bild oder ein Video und bei 4chan genauso.

Trotzdem sagen die Leute immer: Du bespielst ja YouTube und auch Social Media.

Und: Ich mag 4chan. Guilty Pleasure! Ich bin ein 4chan-User der ersten Stunde. In der Wikipedia steht im Artikel über 4chan die Definition eines Spiegel-Online-Journalisten namens Felix Knoke:

(4chan ist…) »…eine Meme-*Schleuder, eine Brutstätte für ansteckende Ideen, aber auch ein abgründiger Ort, an dem Scheußlichkeiten, rassistische und sexistische Tiraden und Bilder weit jenseits der Grenzen des guten Geschmacks veröffentlicht werden. […] Die Welt von 4chan ist dunkel und seltsam, wie das Innenleben eines verwirrten Provinz-Teenagers um 3 Uhr morgens.«*

Darauf antworte ich doch mal: »All das stimmt, Herr Knoke, aber es ist auch mehr als das.«

Dass 4chan *Anonymous* hervorgebracht hat, kann man gut oder schlecht finden – Fakt ist, dass diese dezentrale, durch und durch webbasierte Bewegung zu einer weltweit wahrnehmbaren Stimme geworden ist.

4chan hat ein furchtbares Layout und, ja, auch eine tendenziell eher furchtbare Community – das würden viele 4chan-User auch jederzeit so bestätigen und dazu noch ein Meme posten. Ich verliere mich trotzdem immer wieder dort. Oder deswegen? Ehrlich gesagt, kann ich gar nicht so genau sagen, warum eigentlich.

Ich möchte jetzt aber keinem der Leser explizit dazu raten, sich da hineinzuwühlen. Das muss jeder selbst wissen. Für mich ist 4chan zum Beispiel ein rein passives Ding. Ich würde da nie was schreiben.

Sagen wir es so: Würdest du dich selbst eher als labil oder stark beeinflussbar einschätzen, dann würde ich dir 4chan wirklich nicht empfehlen. 4chan ist ein bisschen das *Wikileaks für Trolle*. Du musst es wirklich filtern und ganz konsequent für dich einordnen können. Sonst steckst du erst knietief und dann irgendwann bis zum Hals in Verschwörungsmist, Naziwahn und Gewaltfantasien. Aber es kommen eben auch immer wieder die irrsten Trends aus diesen völlig wahnsinnigen und ungezügelten Untiefen.

Generell ist die Arschlochdichte im Internet ziemlich hoch. Alle, die sich früher entweder gar nicht oder nur in irgendwelchen Nut-und-Feder-Hobbykellern zum feuchtfröhlichen Abhitlern getroffen haben, können sich jetzt vernetzen. Und da gerade die Proleten oft ganz schön laut sind, denkt man schnell, das wären so verdammt viele. So ist es aber nicht, sie sind bis heute in der Minderheit, machen aber mehr Lärm und sind oft vergleichsweise gut organisiert.

Von den etablierten Social-Media-Kanälen findet sich auf Facebook mit Abstand die ätzendste Community. Ich liebe Twitter, ich mag Instagram, aber ich hasse Facebook und bespiele es trotzdem, weil es zum Job gehört.

Wenn ich irgendwas gegen Nazis sage, bekomm ich auf Facebook am meisten auf den Sack. Das ist auf Instagram und Twitter wesentlich anders – ein völlig anderes Publikum.

Twitter ist, hochgestochen gesagt, das elitärere Publikum. Zunächst ist das Interface alles andere als einsteigerfreundlich und man muss sich da erst einmal reinfinden. Das allein schreckt schon bestimmte Leute ab. Dann gibt es diese Beschränkung auf eine bestimme Zeichenanzahl. Damit einher geht nicht nur die Notwendigkeit, sich kurz und prägnant auszudrücken – es erfordert auch, dass du in der Lage bist, diese oft ziemlich schräg verknappten Inhalte zu dechiffrieren.

Dann finden sich in den Texten ja auch noch die Verlinkungen zu anderen Personen oder Präsenzen auf Twitter, die dann jedoch nicht unbedingt so heißen, wie sie heißen. Da die Zeichen aber begrenzt sind, schreib ich jetzt nicht hinter (at)Twitternamen noch den bekannten Namen. Dazu kommen noch die Hashtags. Deren jeweilige Bedeutung sollte man idealerweise auch kennen, und wenn du auf den Hashtag tippst, dann springst du in die entsprechende Diskussion darüber, wiederum aufgeteilt nach Neuigkeiten, meistzitiert und anderen Kategorien. Außerdem gibt's das eigene Profil und die Möglichkeiten für Personal Messages. Nicht einsteigerfreundlich, wie gesagt, aber durch die verhältnismäßig hohe Hürde und den potenziellen Frustrationsgrad eben in der Tat »elitärer«.

Instagram ist ein reines Consumer-Ding. Das ist nett. Da guck ich mir die Storys an und scrolle durch: nett, hihi, hübsch, niedlich, milde amüsant. Auf Instagram wirst du auch verhältnismäßig wenig beleidigt. Anders auf Facebook, alter Falter ... Allerdings vor allem in Deutschland. In den USA oder Großbritannien ist Facebook lange nicht so arschkrampenlastig.

Man hat hierzulande vor etwa zwei, drei Jahren mal versucht, herauszufinden, woran das liegt. Das Ergebnis war, dass zum Beispiel in den USA Menschen, die nicht über die finanziellen Mittel für einen Internetanschluss verfügen, auch nicht den Weg zu Facebook finden.

In Deutschland aber hat der Bundesgerichtshof 2013 den Zugang zum Internet als ein *Grundrecht* postuliert, was ja erst mal was Tolles ist. Somit gelangen aber nicht nur der arbeitssuchende Facharbeiter und die durch Elternzeit in der Karriere unterbrochene Deutschlehrerin mit Tagesfreizeit zu Facebook, sondern auch jeder arbeitsverweigernde Megaproll. Da du für Facebook nur deinen Namen und ein Passwort fehlerfrei tippen können musst, um einen Account einzurichten, und sich die oberflächliche Bedienung erst einmal mehr oder weniger selbst erklärt, finden sich hier verhältnismäßig viele User ein, die sich nicht gerade durch die besten Umgangsformen und eine vernünftige Diskussionskultur auszeichnen.

Das ist nicht der einzige, aber ein wesentlicher Grund, warum ich Facebook nicht mag.

Das Internet an sich aber mag ich. Manchmal hasse ich es.

Aber ich mag es. Sehr. Wenn ich es nicht gerade hasse.

Schreib, dass ich es mag.

Meistens.

#werte

#schmerzgrenzen

#gesetze

#noretro

#fakenews

#merkelandme

#duhastdiewahl

#ditisberlin

#brokendreams

#cybermobbing

#trolle

#nerdom

#anfängerglück

#reisen

#druckreif

#morefuture

NACH DEM ERSTEN Tag unseres Marathoninterviews hatte ich eine Menge über LeFloid erfahren, aber viel zu wenig über den privaten Flo. Direkten Fragen, wie zum Beispiel »Wie geht es dir mit …« oder »Was fühlst du bei …« war er geschickt ausgewichen. Beim abendlichen Durchschauen des Videomaterials fiel mir aber auf, dass er sich bei Definitionsfragen über Begriffe, Werte und dergleichen tatsächlich wie von selbst öffnete. Bei Fragen, die ihn packten, konnte ich dabei zuhören, wie er laut nachdachte.

00:30 / 28:47

Was ist für dich der Unterschied zwischen richtig, falsch und Wahrheit?

Boah! Das ist mal eine Frage… da kann ich nicht direkt loslabern. Passiert mir auch nicht allzu oft. Merkst du, wie ich das überbrücke, indem ich darüber rede, dass ich es überbrücke?

Die Antwort fällt mir besonders schwer, seit das *Unwort des Jahres* »Alternative Fakten« lautet. Okay… ich fang mal so an: Ich bin ja als Mensch erst mal ein Individuum mit bestimmten Ansichten vom Leben, dem Universum und dem ganzen Rest. Das heißt, die Frage nach dem Richtig und Falsch lässt sich zunächst nur aus dem eigenen moralischen Empfinden heraus beantworten. Welches Verhalten finde ich als Mensch richtig, was empfinde ich für mein eigenes Handeln generell als falsch?

Ich habe mir da meinen eigenen Cheat zum kategorischen Imperativ gebaut. Für mein Handeln ist alles richtig, was sich für mich gut anfühlt und womit ich zugleich so wenig Menschen wie möglich verletze oder einschränke. Nach dieser Maxime kann es sich dann aber auch *richtig* anfühlen, Nazis als dumme Schweine zu beschimpfen. Da fühlt sich jetzt ein Nazi vielleicht verletzt, aber das wäre für mich vollkommen okay.

Total falsch und superkacke wäre es, wenn ich zum Beispiel einen Schwarzen als baumwollpflückenden Nigger bezeichne. Das fühlt sich für einen Nazi bestimmt wieder richtig an. Für mich persönlich aber absolut falsch.

Also könnten wir jetzt anstatt der eigenen Moral vielleicht einen Kodex anlegen, an dem man so was objektiv messen kann. Die zehn Gebote wären so ein Ding oder auch die deutsche Rechtsprechung.

Wenn ich nach deutschem Recht gehe, dann darf ich einen Nazi als Nazi bezeichnen, wenn offensichtlich ist, dass es sich bei dem vorliegenden Exemplar um einen solchen handelt. Wenn sich der Typ »HitlerLove« auf die Wange und das Gittertor vom KZ-Auschwitz auf den Rücken tätowiert hat, müsste das vor Gericht wohl Bestand haben.

Als dummes Schwein darf ich ihn allerdings rein rechtlich nicht bezeichnen. Denn obwohl er alle Erkennungszeichen eines dummen Schweins weithin sichtbar vor sich herträgt, beherrscht er den aufrechten Gang und kann sich, zumindest rudimentär, durch Sprache mitteilen.

Bleibt noch die Unterstellung von Dummheit. Sicherlich gibt es auch intelligente Nazis mit einem hohen IQ, und das sind wohl die gefährlicheren – ohne die vielen, vielen dummen Nazis wären die wenigen schlauen Nazis nur drei Dinge: laut, wütend und einsam.

Der Dumpfdödel vor uns hier im imaginierten Gerichtssaal macht insgesamt eher den Eindruck, als hätte er einen IQ leicht unter Zimmertemperatur, im Winter mit allen Fenstern offen.

Also könnte man jetzt vielleicht ein Gutachten erstellen lassen und damit unmissverständlich nachweisen, dass es sich bei dem Nazi auch objektiv gesehen um einen dummen Menschen handelt.

Letztlich würde sich aber die Bezeichnung »dummes Schwein« wohl insgesamt als nicht haltbar und als eindeutige Beleidigung herausstellen, und wenn wir ehrlich sind, war genau das damit ja auch gemeint.

Ich bin auf jeden Fall beeindruckt, wie du dich bislang recht unterhaltsam um die eigentliche Frage herumgedrückt hast.

Danke, freut mich, dass es dir auffällt, und gleichzeitig nervt es mich auch. Mist.

Also gut, ich finde schon, dass man in sich hineinhören und erspüren kann, ob etwas gerade richtig oder falsch ist.

Es gibt Menschen, die moralisches Bewusstsein auf den *Gott in uns allen* zurückführen, andere halten es für eine kosmische Verbindung oder vielleicht für die eigene, unterbewusste Empfehlung zum Erreichen der nächsten Inkarnationsstufe. Keine Ahnung, was es ist, aber es ist definitiv spürbar.

In jedem Fall haben die meisten Leute um mich herum eine Art inneren moralischen Kompass, der abgesehen von speziellen Situationen ziemlich ähnlich ausschlägt. Ich spüre eindeutig, wenn sich etwas grundfalsch anfühlt, und lasse es dann konsequenterweise bleiben.

Die *Wahrheit* kann man ähnlich betrachten, denn auch da kommt es ja drauf an, ob es die gefühlte Wahrheit ist oder eine, die auf Fakten basiert. Aber wenn wir die *gefühlte Wahrheit* jetzt einfach mal als *Meinung* bezeichnen wollen, dann bleibt als wirkliche Wahrheit nur noch die, die sich auf Fakten stützt. Und zwar nicht auf alternative Fakten, sondern auf repräsentative Fakten.

Und wer hätte es gedacht, da hilft mir doch tatsächlich mal die verhasste Stochastik aus meinem Studium. Somit muss ich die Aussage, dass 99,9 Prozent des Studiums aus Mathe und somit aus sinnlosem Kram bestand, hiermit offiziell korrigieren. Es war nur 97,4 Prozent sinnloser Kram, denn ein bisschen was hat es mir wohl doch gebracht: Nicht, weil ich irgendwas nachts noch einmal durchrechnen will, sondern einfach weil ich dadurch besser mit Studien und Forschungsergebnissen umgehen und die Zahlen entsprechend interpretieren kann.

Ich bin ein großer Freund der Wissenschaft, ich bin für Forschung und für den dadurch entstehenden Erkenntnisgewinn. Es gibt repräsentative Fakten, und die sind für mich ausschlaggebend für eine größtmöglich-wahrscheinliche Wahrheit. Aber die Wissenschaft arbeitet nicht nach dem Prinzip »Ich als Wissenschaftler sag jetzt mal was besonders laut, und dann ist das so.«

In der Forschung läuft es vereinfacht dargestellt so ab, dass jemand eine Theorie formuliert und dann untersucht, ob sie belastbar ist. Idealerweise überprüft der Forscher sich hier bereits aus einem inneren, professionellen Berufsverständnis heraus immer wieder und wieder selbst. Letztlich veröffentlicht er seine Ergebnisse, für alle zugänglich, und jeder andere Wissenschaftler darf sich nun berufen fühlen, das Ergebnis zu falsifizieren – also zu widerlegen! Wenn das Modell diesem Angriff letztlich standhält, haben wir zumindest so lange eine *Wahrheit*, einen Fakt oder eine Erklärung, bis ein anderer Forscher kommt und es nach den gleichen Regeln wie oben beschrieben tatsächlich falsifiziert.

Also ist jede Wahrheit zunächst mal die größtmöglich wahrscheinliche Wahrheit zum jetzigen Zeitpunkt. Und die wahrscheinlichste Wahrheit über das Klima sagt nun einmal aus, dass der Klimawandel menschengemacht ist und wir was dagegen tun müssen.

Daher müssten bei einer TV-Talkrunde zum Thema Klimawandel eher siebenundneunzig Wissenschaftler sitzen, die das Phänomen erklären – und nicht nur ein Wissenschaftler, Wolfgang Bosbach und ein Klimaskeptiker! Würde man den Stand der wissenschaftlichen Diskussion wirklich so zeigen, wie er gerade ist, würde ich mir diese Talkrunde glatt ansehen. Auch wenn sie aufgrund der Teilnehmerzahl auf einem Fußballfeld stattfinden müsste und dreieinhalb Jahre Sendezeit bräuchte, bis jeder zu Wort gekommen wäre. Man müsste ja auch mit einrechnen, dass Wolfgang Bosbach nach jedem einzelnen Redner noch mal erklären möchte, was seine Partei alles geschafft hat und noch schaffen wird.

Wer wissen will, was mich an Wissenschaft und Forschung so begeistert, googelt am besten nach »Neil deGrasse Tyson«. Das ist ein US-amerikanischer Wissenschaftler und bekennender Nerd, der Wissenschaft supergut erklären kann und keiner Diskussion aus dem Weg geht. Der feiert die Forschung als »die Suche der Menschen nach der Wahrheit« ohne Ende. Und ich ihn.

»DARF DER DAS?«, fragt Stand-up-Comedian Chris Tall in seinem Bühnenprogramm und meint damit sich selbst und seine provozierenden Gags über Minderheiten und Co. »Musst du das denn?«, möchte man ihm mitunter zurufen. Vergleicht man aber die Texte von Chris Tall mit dem, worüber man sich im Internet tagtäglich so amüsiert, stellt man schnell fest, dass der junge Comedian im Vergleich nahezu harmlos wirkt. Nicht nur in Deutschland diskutiert man darüber, wo im WWW die Grenze ist, beziehungsweise ob es eine solche geben muss und wer sie wie durchsetzen soll.

Soll man im Netz über alles Witze machen dürfen?

Eine schwierige Frage, auf die ich erst mal eine ganz simple Antwort habe: Ja, es muss erlaubt sein, über alles und jeden Witze zu machen. Immer, überall, zu jeder Tages- und Nachtzeit.

Denn wo ziehst du sonst die Grenze? Bei Minderheiten? Okay, aber ab wann ist eine Gruppe von Menschen denn eine Minderheit, über die man keine Witze reißen darf? Oder darf ich nur über Mehrheiten Gags machen?

Oder ist die Grenze die Majestätsbeleidigung, wie in der Auseinandersetzung Erdogan/Böhmermann? Gerade jemand wie Erdogan hat es doch verdient, dass man ihn verarscht.

Was ist mit Witzen über Behinderungen? Aus dem Bauch raus würde man sagen, ja – da gibt's eine Grenze. Andererseits kann auch das ausgrenzend wirken: »Über *die* darf man keine Witze machen, die sind nicht so wie wir.«

Ich persönlich ziehe die Grenze, wenn einzelne Menschen explizit angegriffen werden. Ganz besonders, wenn sie in einer Notsituation stecken.

Die Gesellschaft ist sich zum Beispiel einig, dass wir über ein Vergewaltigungsopfer keine Witze machen. Das sieht man zwar auf 4chan im /b/random Forum sicherlich anders, denn da geht es zu 95 Prozent um Grenzüberschreitung. Und wer dort geschmackloses Zeug postet, muss halt auch damit rechnen, dass er eventuell rechtliche Konsequenzen zu befürchten hat.

Ich finde, wenn etwas klar als Satire zu erkennen ist, dann darf man über jede Minderheit der Welt Witze machen. Nicht nur, weil Satire eine Kunstform ist. Satire zeigt immer auch einen *Missstand* auf. Humor legt den Finger in die Wunde, und Satire bohrt drin rum, bis es wehtut. Dadurch bemerken wir oft erst, dass hier ein Thema ist, das man sich genauer anschauen müsste.

Wenn ein schwarzer Comedian in den USA Witze darüber macht, dass er auf dem Supermarktparkplatz grundsätzlich mit erhobenen Händen aus dem Auto steigt, weil er Schiss hat, sonst sofort über den Haufen geballert zu werden, dann ist das gleichzeitig witzig und wahr. Wir lachen, weil er es sagt, wie er es sagt. Aber gleichzeitig ist klar: Das ist verdammt nah an der Realität.

Ende der Siebziger hat der Stand-up-Pionier Richard Pryor auf der Bühne davon erzählt, wie er draußen Haselnussruten abschneiden musste, um sie dann seiner Oma ins Haus zu bringen, damit sie ihm damit den Arsch versohlen konnte. Das ist erst mal alles andere als lustig. Er erzählt es aber so, dass du losprusten musst – und gleichzeitig bleibt dir das Lachen im Hals stecken. Der Comedian selbst lacht bei der Erzählung die ganze Zeit, aber irgendwann hat man fast das Gefühl, dass es wie Weinen klingt – das Ganze ist eine seltsame Mischung aus Galgenhumor, Schmerz und Wahrheit.

Vor allem, wenn man das heute anschaut, merkt man: Das Publikum lacht mit, und es wirkt nicht unangenehm, sondern tatsächlich befreiend! Das liegt vermutlich daran, dass die meisten diesen furchtbaren Brauch aus eigener Erfahrung kannten und damals zum ersten Mal jemand auf der Bühne öffentlich Witze darüber machte.

Der Typ erzählt bei dem gleichen Auftritt, wie er sich beim Freebasing mit Kokain selbst angezündet hat und brennend auf die Straße rannte. Dazu hält er ein brennendes Streichholz hoch und fragt: »What's that? – Richard Pryor running down the Street.« Näher liegen Comedy und Schmerz selten beieinander. Klar »darf der das«, denn er erzählt ja von sich selbst, und das ist immer die beste Form von Humor, finde ich. Wenn ich Witze über mich selbst mache, ist sowieso alles erlaubt. Schwierig wird es ja erst, wenn andere zur Zielscheibe werden.

Erlaubt muss es aber sein, denn wie sollen wir sonst zum Beispiel Witze über Politiker machen? Niemand steht über dem Gesetz, und niemand steht über dem Witz.

Ich will Witze über Schwarze, über Juden, über Nazis machen dürfen. Und Juden sollen Witze über Araber machen dürfen, Ossis über Wessis, Berliner über Schwaben, Schwarze über Weiße und jeweils umgekehrt. Satire muss das Recht haben, alles und jeden anzustoßen, anzupieksen, zu provozieren und in den Befindlichkeiten herumzustochern. Ob man dieses Recht aber immer so weit ausreizen muss, wie nur irgendwie möglich, steht auf einem anderen Blatt.

Hier kommen nämlich persönliche Moral und Empathie ins Spiel. Wenn ich derjenige wäre, über den hier gerade geredet wird – wie fände ich das? Das kann man sich schon mal fragen, und dann merkt man ganz schnell, wie dringend dieser Gag jetzt trotzdem rausmuss oder ob man sich die Pointe vielleicht einfach schenkt.

Darüber hinaus leben wir in einem Rechtsstaat, in dem es jedem freisteht, sich zu beschweren. Wenn du unbedingt einen blöden Witz machen musst, bei dem sich jemand anders persönlich beleidigt fühlt, dann musst du dich im Zweifelsfall auf ein Gerichtsverfahren einstellen. Dann geht es darum: ob es Satire und Kunstform ist oder Beleidigung oder Hate Speech?

Leider stellt das Internet hier wieder mal besondere Ansprüche und liefert seine ganz eigenen Herausforderungen in dem Bereich. Da wäre zum Beispiel der sogenannte »Streisand Effekt«. Als sich der US-Star öffentlich dagegen verwehrte, dass Luftaufnahmen ihres Anwesens gemacht wurden, weil sie ihre Privatsphäre verteidigen wollte, führte das zum exakten Gegenteil: Erst durch diesen öffentlichen Streit erfuhr die ganze Welt, wo genau ihr Haus steht und wie es aussieht. Hätte sie sich einfach leise geärgert, wäre das nie in dem Maße bekannt geworden. Der Fotograf hatte auch gar nicht wissentlich ihr Grundstück abgelichtet, sondern wollte angeblich Fotos machen, um die Erosion der Pazifikküste zu dokumentieren.

2016 gab es doch auch den Song »Erdowie Erdowo Erdogan« von »Extra3«. Erdogan hat daraufhin den deutschen Botschafter aus Ankara ins türkische Außenministerium einbestellt, und abermals bekam das die ganze Welt mit. Der Videoclip hat dadurch inzwischen über zwölf Millionen Views gesammelt, es gibt untertitelte Versionen und weitere Songs – nicht nur von »Extra3«. Erdogan hat also nicht nur das Gegenteil von dem erreicht, was er ursprünglich wollte, sondern alles auch noch viel, viel »schlimmer« gemacht.

Im Fall des türkischen Präsidenten kann man da nur »Ätsch, bätsch, geschieht dir recht« sagen. Aber stell dir mal vor, aus irgendeinem Grund gibt's ein ultrapeinliches Video von dir im Netz oder irgendetwas, wo dich andere hart verarschen, und du willst, dass das verschwindet. Was tust du jetzt? Gehst du dagegen vor und provozierst so unter Umständen noch mehr Aufmerksamkeit? Du musst dabei immer bedenken, dass du nicht nur gegen die Person vorgehst, die das ursprünglich hochgeladen hat. Theoretisch stellst du dich damit gegen das ganze World Wide Web. Das Internet ist ein unberechenbarer und extrem trotziger Gegner.

Ich könnte jetzt ein Foto von irgendwem auf der Straße machen, dem nen Pimmel an die Stirn photoshoppen und darunter schreiben: »Joe Pimmel McDick – The real Fuckface«. Das kann ich unter zehn verschiedenen Namen bei Instagram, Twitter, Facebook und sonst wo hochladen. Insgesamt würde mich das vielleicht gerade mal eine halbe Stunde kosten – inklusive der neuen Konten mit neuen Mailadressen ohne sichtbaren Hinweis auf meine Identität.

Ist das jetzt witzig, weil es lustig aussieht und weil ich so was wie einen Gag druntergeschrieben habe? Ist das schon Humor, der unter die Kunstfreiheit fällt? Wohl nicht. Also können wir davon ausgehen, dass ein deutsches Gericht hier klar sagen würde: »Darf nicht verbreitet werden.« So weit, so gut. Hier funktioniert also der Rechtsstaat und rückt gerade, was irgendein Depp nicht mit der eigenen Empathie gebacken bekam.

Das Problem ist nur: Bis wir so weit sind, dass sich ein Gericht damit beschäftigt, kann das beknackte Foto schon längst hunderttausendmal geteilt und – via Screenshot sozusagen anonymisiert – noch einmal hunderttausendmal im Web verbreitet worden sein. Je nachdem, wie viele Menschen das Bild witzig finden, dauert es gerade mal ein paar Stunden, bis es in diversen Profilen, Foren und Kanälen, auf Laptops, Smartphones und Servern herumliegt, und du könntest es nicht einmal dann komplett ausradieren, wenn man das gesamte Internet löschen würde.

Meine Haltung dazu ist, dass Informationen immer ihren Weg finden und es daher so gut wie unmöglich ist, etwas wirklich zu unterdrücken. Ein einziger Mensch, der beschlossen hat, dass das weiterhin in die Öffentlichkeit gehört, reicht heute aus.

Die Grenzen zwischen Humor, Satire, Beleidigung, Hetze, Hexenjagd und Mobbing sind feiner, als man denkt, schnell wird aus dem einen das andere – ohne dass es der Urheber des Witzes ursprünglich beabsichtigte.

#werte

#schmerzgrenzen

#gesetze

#noretro

#fakenews

#merkelandme

#duhastdiewahl

#ditisberlin

#brokendreams

#cybermobbing

#trolle

#nerdom

#anfängerglück

#reisen

#druckreif

#morefuture

DAS INTERNET ist fantastisch, chaotisch, unbarmherzig und brutal zugleich. Es präsentiert sich als Chance und als Fluch, als Rettung und als Abgrund und wechselt seine Gesichter mitunter schneller, als Janus den Kopf drehen kann. Die ganze Welt arbeitet sich an diesem Phänomen ab, und viele Länder entwickeln eigene Formen des Umgangs damit. In Deutschland versucht die Politik, zumindest der Hassrede und den Fake News in Social Media mit dem Netzwerkdurchsetzungsgesetz Herr zu werden. Das »Gesetz zur Verbesserung der Rechtsdurchsetzung in sozialen Netzwerken« kurz »Netz-DG« ist, vorsichtig gesagt, nicht bei allen Usern des WWW gleich beliebt.

Was ist deine Haltung zum »Gesetz zur Verbesserung der Rechtsdurchsetzung in sozialen Netzwerken«, das seit September 2017 steht?

Du meinst das »NetzDG« oder auch www.ausschalten-politischer-Gegner.com? Ja, schwierig. Ich bekomme seitdem täglich Meldungen von Twitter: »Jemand hat den und den Tweet gemeldet, es besteht keine Verletzung.«

Das ist immerhin schon mal anders als bei YouTube. Die sagen nämlich: »Ups, es gab eine Beschwerde, wir haben das jetzt erst einmal gesperrt, reiche hier bitte wiederum deine Beschwerde ein.« Und das nervt wie Sau.

Klar ist aber auch: Es hat nicht ausgereicht, was wir vorher als Rechtsgrundlage hatten. Wir brauchen *so was wie* das Netz-DG, da sehe ich gar keine Alternative. Das mag mancher anders empfinden, und es ist in der Demokratie sein gutes Recht, sich da entsprechend zu äußern und auch dagegen vorzugehen. Aber ich bin tagtäglich mit diesem Kram konfrontiert. Ich sehe, was die Eigendynamik des WWW anrichten kann, wenn man da oben Hate Speech oder Fake News reinkippt.

Ganz offensichtlich ist das Netz-DG aber nicht der Weisheit letzter Schluss. Es ist ein erster Versuch, und da knirscht es überall noch ganz gewaltig. Meiner Meinung nach kann man sich nicht nur auf Algorithmen und automatisierte Durchsuchungen verlassen. Es muss definitiv individueller geprüft werden! Das ist ja das, wogegen sich Facebook und Co. so sträuben. Um das wirklich anständig, gerecht und funktionierend umzusetzen, braucht es Manpower.

Es müsste wohl so laufen wie bei den Fluglotsen. Die arbeiten am Tag auch nur um die fünf Stunden, mit einer Stunde Pause, weil sie sonst durchdrehen. Die sind für das Leben unzähliger Menschen verantwortlich und müssen diesem Druck standhalten. So was brauchen wir auch für das Netz – Tausende Menschen, die erst einmal entscheiden: Ist dem nachzugehen? Sollte man das umgehend sperren, ist das Kunst, Satire, Meinungsäußerung, Beleidigung, üble Nachrede oder Mobbing? Ich glaube, da ist der menschliche Faktor einem Algorithmus immer noch überlegen. Das kann man nicht einfach nach Schlüsselwörtern durchsuchen lassen und der Software sagen: »Wenn du das Wort Homo in einem Beitrag liest, sofort löschen.«

Ich bin der Meinung, dass das Aufgabe der Firmen ist, die den jeweiligen Social-Media-Dienst anbieten. Die sollen doch bitte ihren Stall sauber halten. Und sie sollen auch damit leben müssen, dass der Staat sagt: »Leute, nur damit ihr es wisst: Wir überwachen das. Wenn zu viele Beschwerden kommen, gibt es eine Klage. Also hängt euch rein. Das Netz-DG ist der erste Wurf, und ich geh mal fest davon aus, dass da noch einiges drangeschraubt wird. Ich hoffe es, denn der Status quo ist nicht zufriedenstellend.«

Unsere frisch ernannte Digitalministerin Dorothee Bär hat zum Beispiel gesagt, dass das Gesetz über das Ziel hinausschießt und dass es vielleicht eine komplette Neufassung braucht. Wie transparent sollten die Löschungen eigentlich idealerweise ablaufen, und wäre es vielleicht besser, wenn man die Firmen dazu verpflichtet, dass sie vom Bundesamt für Justiz abgenickte Institutionen beauftragen? Außerdem muss man klären, ob es einen gesetzlichen »Wiederherstellungsanspruch für ungerechtfertigt gelöschte Posts« geben soll. Es ist vollkommen klar, dass das eine Riesenherausforderung ist. Aber es steht auch außer Frage, dass es nicht so bleiben darf, wie es bis 2017 war.

Zwischen freier Meinungsäußerung, Beleidigung und Hetze und welche Seite, welche Partei, was wie bewertet, ist mitunter nur ein schmaler Grat, und den kann kein Algorithmus ermessen. Dafür braucht man Menschen, die auf dem Gebiet auch was draufhaben – eine riesige Chance für Tausende Arbeitsplätze, wenn man es so sieht. Die paar armen Menschen im »Löschzentrum« bei Arvato und Co. reichen da nicht mal ansatzweise aus. Ob der Job Freude bereitet, wage ich zwar stark zu bezweifeln, aber dass wir das brauchen, steht für mich momentan nicht zur Debatte.

Ich zitiere aus einem öffentlich zugänglichen Foreneintrag, in dem wohl du gemeint bist:

»Werte Gemeinde, der homoperverse Flötenjunge ist das ideale Beispiel für die Verdorbenheit der meisten Jugendlichen. Er hetzte mehrfach gegen löbliche Seiten wie (...), welche kurz danach abschnur genommen wurde und (...). Des Weiteren rief er zu Gewalt gegen keusche Christen

auf, was darauf hindeutet, dass das Flötenkind ein Anhänger Satans ist. Nehmen Sie sich vor ihm in Acht, denn er versucht, seine Ventilatoren auf die Seite des Teufels zu ziehen!«

Mal abgesehen davon, dass der Autor dieser Zeilen »offline« mit »abschnur« übersetzt und YouTube in diesem wahnchristlichen Forum konsequent »DuRöhre« genannt wird – warum bist du für diesen Menschen Satan?

Ich hab mich 2012 mal auf Pages wie arche-internetz.net und kreuz.net getummelt und war einfach nur schockiert, was für eine rassistische, verklemmte, homophobe Kackscheiße da steht. Und das hab ich dann in meinen Videos auch genauso bezeichnet. Warum? Weil es sich um rassistische, verklemmte, homophobe Kackscheiße handelt, die man gemeinhin umschreibt mit den Begriffen rassistische, verklemmte, homophobe Kackscheiße.

Unter anderem hatte ich in einem der Clips so einen kurzen Bildgag mit mir plus digital aufgeklebten Teufelshörnern und billigem Digi-Feuer. Das Bild findet sich seitdem zuhauf auf den Pages diverser bibelwütiger Wahnchristen. »Ui, ein Bildbeweis!«

Man findet dort auch ein Gedicht über mich von einem Mann, der sich »Faust Gottes« nennt, warte mal, das kann ich einfach mit dem Smartphone googeln … hier, ich zitiere:

Und wenn nun kommt der Jüngste Tag,
und der Herrgott zeigt, wen er nicht mag,
dann wird der Bub, der LeFloid genannt,

für immer in die Höll' verbannt.
Dort brennt dann der Lump, oh ach, oh weh,
wird leiden Höllenqualen im Schwefelsee.
Und im Himmel wird sein die Freude groß,
juhu, LeFloid, wir sind dich los.

Metrisch vielleicht nicht ganz ausgereift, aber für einen Wahnchristen, der ganz offensichtlich nicht mehr alle Murmeln im Marderbau hat, gar nicht mal so schlecht. Nun muss man so ein Gedicht nicht ernst nehmen. Da kann man einmal müde lächeln und weiterscrollen.

Problematisch wurde es aber beim hässlichen Onkel kreuz.net, wo sich die Rassisten mit den Erzkonservativen, Judenhassern und Religionsfanatikern in Einigkeit die virtuelle Hand reichten. Das fand nicht nur ich ekelerregend, sondern eben auch die katholische Kirche.

Die Betreiber hielten sich anonym, aber es wurde allgemein der Eindruck erweckt, sie hätten irgendwelche Ämter in der Kirche inne. Nun distanzierten sich die deutschsprachigen Offiziellen der katholischen Kirche aber sehr deutlich von kreuz.net, und der Pressesprecher sagte im Originalwortlaut, den man bei Wikipedia so wiederfindet:

»kreuz.net hat sich in Vergangenheit und Gegenwart durch mehr als fragwürdige Äußerungen hervorgetan. Die Seite hat keinen offiziellen Charakter. Kontinuierliche antisemitische Entgleisungen und andauernde billig-polemische Hetzereien gegen deutsche Bischöfe sind unerträglich.«

Wegen des Verdachts der Volksverhetzung wurde kreuz.net erst vom deutschen und vom österreichischen Verfassungsschutz beobachtet, dann nahm die Staatsanwaltschaft Berlin die Ermittlungen auf, und im Dezember 2012 wurde die Seite endlich abgewürgt. Die Rechner wurden beschlagnahmt. Trotzdem findet man seitdem immer wieder Artikel aus dem Bestand der Seite an diversen Orten im Internet. Blärch.

Wo wir gerade dabei sind: Glaubst du an Gott?

Nein. Ich bin überzeugter Atheist, und ich bin es gerne. Nach dem Intermezzo mit kreuz.net bin ich es noch ein kleines bisschen gernerer.

Aber ich hab den Wissenschaftler Kip Thorne getroffen, der die Gravitationswellen entdeckt und die Filmcrew von Interstellar beraten hat. Mit ihm hab ich über Gott gesprochen, oder genauer: Kann man als Wissenschaftler an Gott glauben?

Er sagt, er glaubt. Er würde jetzt nicht die Hände falten und beten. Aber so was wie das menschliche Bewusstsein sei einfach ein Ding, was sich nur schlecht erklären lässt. Er glaubt tatsächlich schon, dass es irgendwo diesen romantisch-mystischen Funken gibt, den man sich erhalten sollte. Das kann ich nachvollziehen, und ich find's auch irgendwie schön.

Ich selbst bin aber viel zu gerne Atheist.

Ich glaube an den mündigen Menschen. Mir gefällt das Konzept Religion einfach nicht – egal, welche Religion. Ich mach da keine Unterschiede. Na gut, die Buddhisten mögen noch eine Ausnahme sein, einfach weil sie mir nicht so wahnsinnig auf den Sack gehen. Aber jedes andere Welterklärungssystem, das mir als mündigem Menschen Erfolge abspricht, Laster aber zuschreiben will, finde ich destruktiv und nicht in Ordnung.

Ich war mal auf der Holy Spirit Night in Berlin. Das ist eine Art Jugendgottesdienst, bei dem evangelische Jugendliche einem Starpriester zujubeln und sich total in Trance beten. Ich glaube, er war Österreicher. Die Leute fangen dann an zu heulen, sind völlig aufgelöst. Und da wurde mir das Konzept von Religion plötzlich klar: Wenn du etwas geschafft hast, wenn du etwas geleistet hast, wenn du erfolgreich warst, dann ist das der Wille Gottes. Dein Erfolg ist ein Gottesgeschenk und nicht etwa deine Leistung.

Aber wenn es für dich mal scheiße läuft, wenn du richtig im

Dreck steckst, wenn irgendwas gar nicht funktioniert und du es gerade voll versemmelst, dann bist *du* schuld! Und warum? Weil du nicht gottesfürchtig genug warst!

Weißt du, was das eigentlich ist? Das ist das Verhalten eines Schwerstdepressiven: Ich schreibe anderen meine Erfolge zu, und ich selbst bin nur für die Misserfolge verantwortlich. Das ist das Verhaltensmuster eines schwerstdepressiven Menschen. Und jetzt frag mich noch mal, ob ich Religion toll finde.

Trotzdem würde ich nie sagen, dass man Religion abschaffen kann oder sollte. Erstens ist sie immerhin schon eine ganze Weile da, zweitens bedeutet sie den Menschen viel zu viel, drittens finde ich es scheiße, Menschen zu bevormunden, und viertens bin ich mir sicher, dass irgendwem immer ein neues, wahnsinnig effektives System einfallen würde, mit dem man andere unterjochen kann. Sei es der Kapitalismus, sei es der Katholizismus, sei es der Islam ... egal.

Gewisse sinnvolle Grundregeln stellen die Religionen ja schon auf, das muss man ihnen lassen. Ich schaue mir die Dinge ja gerne von beiden Seiten an: Natürlich finde ich diesen Aspekt von Religion gut, in dem es darum geht, gewisse Voraussetzungen für ein friedvolles Miteinander zu schaffen. Absolut. Wer sollte was gegen Gebote haben, die lauten: Du sollst nicht töten. Du sollst nicht stehlen?

Aber muss man das dann in Form einer Religion glorifizieren? Kann man das nicht einfach als Regel des gesellschaftlichen, friedlichen Zusammenlebens in einen Gesetzestext verpacken? Das, was damals im Zeitalter der Aufklärung passiert ist, nämlich genau dieses Abfeiern des freien Willens, das sollte man ruhig auch ein bisschen geil finden und sich darüber in Trance freuen! Die Amis machen das so in der Art mit ihrer Constitution. Aber muss man es denn zwangsmystifizieren? Muss das von irgendwo da oben kommen, als Gottesgeschenk oder Gottes Wille oder Gottes Gesetzestext?

#werte

#schmerzgrenzen

#gesetze

#noretro

#fakenews

#merkelandme

#duhastdiewahl

#ditisberlin

#brokendreams

#cybermobbing

#trolle

#nerdom

#anfängerglück

#reisen

#druckreif

#morefuture

AUF FACEBOOK findet man immer wieder das Foto einer Musikkassette und eines Bleistifts, und darunter steht: »Wer den Zusammenhang kennt, ist ein Held!« Als wäre das mühevolle Aufwickeln von Magnetband keine nervtötende Notwendigkeit gewesen, sondern eine Leistung herkulischen Ausmaßes, die es damals wie heute zu würdigen gilt. Die Vergangenheit wird verklärt, seit es Menschen gibt, und aus der nachfolgenden, kurzen und bündigen Frage ergab sich ein geradezu episches Kapitel über Nostalgie, Statistiken, die DDR und Mikrofone mit Spiralkabel.

00:30 / 28:47

War früher alles besser?

Früher war auf keinen Fall alles besser. Ich möchte zum Beispiel das Internet nicht mehr missen. Und ganz allgemein gibt es noch unzählige Dinge, die sich seit diesem nebulösen »früher« verbessert haben. Der SPIEGEL hatte mal diese Rubrik mit dem treffenden Titel »Früher war alles schlechter«, und egal, ob es um den deutschen Wald, die Kriminalität, die Toten durch Rauchen oder Alkohol oder Flugsicherheit geht: Man kann statistisch belastbar nachweisen, dass es heute besser ist als damals. Das Problem ist wohl, dass man die negativen Dinge im Lauf der Zeit ausblendet, und das, was übrig bleibt, sind dann die schönen Erinnerungen.

Weiße Weihnachten, sonniger Sommer, die supitolle Schulzeit und so weiter.

Ich seh' aber noch was anderes, ganz direkt an meinen Nichten und Neffen: Früher war nicht alles besser, aber früher war auch nicht alles so wahnsinnig viel anders.

Nach wie vor bauen Kinder Sandburgen und spielen mit Bällen. Die Barbie ist vielleicht heute eher eine »Monster-High-Doll« – unrealistischer, schräger und weniger spießig als Barbie und mir damit schon mal ein bisschen sympathischer.

Gerade was die Kinder angeht, ist heute aber auch vieles besser: Ich hab zum Beispiel zwölf Jahre lang geraucht und dann nach einer Lungenentzündung aufgehört. Denk mal zurück: In deiner und in meiner Generation hat vom Gefühl her so gut wie jeder geraucht!

Aber wenn du dich heute mit einer Vierzehnjährigen unterhältst, findet die Rauchen bescheuert, erklärt dir außerdem, dass zu viel Alkohol gesoffen wird, sie weiß, woher ihr Putenschnitzel kommt, weil sie es dort kauft, wo sicher ist, dass die Tiere genug Platz haben und keine Küken geschreddert werden. Das sind alles Sachen, über die sich die älteren Generationen keine Gedanken gemacht haben. Okay, die Kriegsgeneration hatte, vorsichtig ausgedrückt, ganz andere Probleme als Eier ohne Herkunftsstempel. Aber allein, dass die Kinder heute über so was nachdenken und sich das bewusst machen können, anstatt nachts zu dritt auf einem kaputten Fahrrad zum Kartoffelklauen aufs Land geschickt zu werden, ist doch definitiv ein Fortschritt.

Klar haben Kinder und Jugendliche heute Smartphones, und natürlich beschweren sich die Erwachsenen darüber. Das liegt aber auch daran, dass die Eltern und Großeltern oft überhaupt keine Ahnung haben, was die Kids mit den Dingern machen. Die starren da auf den kleinen Bildschirm und tippen stumm irgendwas vor sich hin.

»Unser Junge hat keine Freunde und hockt immer nur am PC und zockt« ist so ein typisches Klischee, worüber sich dann beim Kaffeekränzchen alle aufregen können. »Ja, meine beiden sitzen auch nur vor dem Bildschirm oder glotzen in ihr Handy! Morgen nehm' ich denen das mal weg, und dann sollen sie in der U-Bahn mal wieder den anderen Menschen ins Gesicht schauen, anstatt immer nur nach unten!«

Der vermeintlich asoziale PC-Gamer braucht in Wirklichkeit aber ziemlich gut ausgebildete Social Skills, um in einem Onlinegame wirklich dauerhaft erfolgreich zu sein. Du siehst nur die Avatare der anderen Mitspieler, kannst dich also nur via Headset sprachlich verständigen oder durch die Aktionen, die du deinen Character ausführen lässt.

Und in der U-Bahn waren die Leute schon vor Erfindung der Smartphones nicht besonders kommunikativ. Wenn man nach »Subway« und »Newspaper« googelt, findet man U-Bahn-Innenansichten, die nur bedruckte Zeitungsseiten zeigen, hinter denen sich die Pendler verstecken. Die Menschen waren noch nie besonders gesprächig in U-Bahn oder Bus, im Aufzug oder in der Schlange beim Bäcker.

Es gibt natürlich genug Stimmen, die sagen: »Ja, aber wenn man die Zeitung gelesen hatte, dann hat man sich mit anderen darüber ausgetauscht und nicht weiter ins Handy geglotzt!«

Ja, was glaubt ihr denn, was ein Social Network ausmacht? Hier gibt's News ohne Ende und direkt darunter kann man sich austauschen – nur eben in Schriftform!

Ich will das alles gar nicht glorifizieren, denn dass damit auch genug neue Probleme Einzug in unser Leben gehalten haben, ist völlig klar. Was ich sagen will, ist: Es ist meistens besser – und oft ist es einfach nur anders!

Die Art der Kommunikation hat sich um den Faktor WWW erweitert, wir haben heute einen ganz neuen Kanal für soziale Interaktion, der keiner Generation vor uns in dieser Form zur Verfügung stand. Klar – wir müssen das weiter perfektionieren, sicherer machen und in irgendeiner Form so gestalten, dass Social Media nicht zur Hass- und Dreckschleuder mutiert. Aber die Innovation als solche ist doch einfach nur fantastisch!

Ich verstehe Menschen nicht, die bei guten Ideen und neuen

Ansätzen immer erst mal abwinken: »Wer braucht denn so was.« Oder noch schlimmer: »Wenn das eingeführt wird, dann ist das der Untergang.« Das nervt mich. Leute, macht doch erst mal den Kopf auf.

Ich gehe mal davon aus, dass das viel mit der Angst vor Veränderung zu tun hat. So was ist immer eine Herausforderung, und manchmal muss man tatsächlich sehen, wo man bleibt, und seine Interessen vertreten. Was aber nichts bringt, ist, sich langfristig dem Fortschritt entgegenzustellen. Da kann man nur verlieren.

Ich finde, eins der besten Beispiele dafür ist dieses alte Flugblatt aus den Zwanzigerjahren, wo vor den diversen Gefahren und Nachteilen des Tonfilms gewarnt wird. Ich hab's mir im Handy abgespeichert, weil es so treffend ist. Du findest es ziemlich sicher mit den Suchbegriffen »Tonfilm« und »Flugblatt« im Netz.

Also, obendrüber steht schon mal fett: »Gegen den Tonfilm« und »Für lebende Künstler!«. Und das gibt gleich einen wenig subtilen Hinweis, wer für das Pamphlet verantwortlich sein könnte: die Musiker natürlich, die aus gutem Grund fürchteten, dass sie bei erfolgreicher Einführung des Tonfilms keiner mehr engagieren würde, um in den Kinos live zu spielen.

Die Angst war ja nun vollkommen begründet, aber dic Art und Weise, wie das auf dem Papier dargebracht wird, hat man schon damals wahrscheinlich eher albern gefunden: »Tonfilm ist Kitsch, Einseitigkeit und wirtschaftlicher und geistiger Mord«, steht da.

Die Begründungen für den Boykott lauten unter anderem: »Die Konservenbüchsen-Apparatur klingt kellerhaft, quietscht und verdirbt das Gehör.«

Alles klar, und drum war das mit dem Tonfilm ja dann auch ein ähnlicher Flop wie das Farbfernsehen, das Faxgerät und der Desktop PC.

Vielleicht ist das Problem, dass Innovationen nie ohne Fantasie entstehen könnten. Um in so etwas zu investieren, muss man in der Lage sein, sich vorzustellen, dass etwas nicht nur eine geile Idee, sondern vielleicht auch ein Riesenerfolg werden könnte. Als das Telefon erfunden wurde, hieß es: »So ein Blödsinn! Wenn ich was mitzuteilen habe, schreibe ich einen Brief.«

Erst wenn aus der Idee ein Ding wird, das man verwenden kann, und man damit auch Erfolg hat, ist es im eigentlichen Sinn eine echte *Erneuerung*, vom lateinischen *innovare* = erneuern. Wenn der lustigen Dame mit der komischen Kiste niemand zugehört hätte, dann hätten wir wohl noch ein paar Jahre länger auf die Spülmaschine warten müssen. So aber hatte jemand genug Vorstellungskraft, um Josephine Cochrane eine Chance zu geben, und darum gibt es seit 1893 einen Kasten, der Geschirr mit Wasserdruck reinigt.

Ich weiß, das beantwortet noch nicht, ob früher alles besser war oder nicht. Aber für mich gehört das zusammen: Die Verklärung von damals und das Festhalten an allem, was immer schon so war und darum bleiben soll, wie es ist. Fortschritt entsteht aber durch Fantasie und Mut und nicht durch rückwärtsgewandtes Bewahrertum oder Angst.

Um wieder auf das WWW zurückzukommen – allein da sieht man doch schon, was sich alles verbessert hat:

Damals hab' ich laufend überlegt: »Wenn ich jetzt online gehe, kostet es über Smartsurfer bei der Telekom weniger, aber ich muss vor 19:30 raus und wechseln. Sonst kommt der Abendtarif, und das wird teuer. Also raus aus dem WWW um 19:29 und schnell wieder einwählen bei einem anderen Anbieter, wo es ein paar Cent weniger kostet.« Und das alles mit einer Geschwindigkeit von 14,4 Kbit/s! Um damit die Datenmenge einer DVD runterzuladen, hätte man vier Tage gebraucht, und das hätte eh nicht geklappt, weil zwischendurch dauernd die Verbindung abgebrochen wäre.

Vielleicht ist das alles auch Geschmackssache, aber ich finde technische Innovationen einfach cool. Vor allem für Kreative ist das einfach nur geil: Als ich in den Neunzigern in der Schule in der Video AG war, wäre es undenkbar gewesen, dass jeder von uns irgendwann mal eine Kamera hat, mit der man sendefähige Filme drehen kann. Das Gerät von der Schule war eine Schulterkamera für große DV-Kassetten. Damals der Wahnsinn! Eine Qualität, die besser ist als S-VHS, wow! Und wir hatten sogar ein Mikro mit einem langen Spiralkabel, das wir entweder so reportermäßig halten oder irgendwo im Bild verstecken konnten. Dazu musste man allerdings das Spiralkabel dehnen, um Tischbeine schlingen oder heimlich unterhalb der Bildkante festhalten, damit das Mikro nicht während der Aufnahme zurück Richtung Kamera schnalzte.

Heute kauf ich mir für das Budget von fünf DV-Kassetten ein Smartphone. Der Film, den das Ding aufnimmt, hat eine mehr als doppelt so hohe Auflösung, und ein teures Handy filmt in UHD. Die billigsten Mikros klingen heute besser als das, was wir damals hatten, und sie kosten nur einen Bruchteil dessen. Dann kannst du deinen Film entweder direkt im Handy oder am Computer professionell schneiden und vertonen, Effekte und Schriften draufpacken, und wenn es dir nicht gefällt, hindert dich niemand daran, einfach noch mal von vorne anzufangen. Du hast ja weiter keine Kosten mehr, brauchst weder Kassetten noch Zelluloid oder sonst irgendein Verbrauchsmaterial.

Man merkt es vielleicht – ich bin ein Freund moderner Technik und mit Leib und Seele »Early Adopter«, also jemand, der gerne neue Gadgets und Tools ausprobiert, sobald sie zur Verfügung stehen. Ein Stück weit gehört das auch zu meinem Beruf – nicht nur, weil vieles das Potenzial hat, meine Clips besser zu machen oder mir sonst wie den Job zu erleichtern, sondern auch, weil es mich wirklich interessiert.

Ich bin auch begeistert von dieser unglaublichen Informationsvielfalt, die uns heute zur Verfügung steht. Und ich finde es einfach geil, dass ich in Spanien aus dem Flieger steigen und mein Handy fragen kann: »Wo muss ich jetzt hin?«

Kannst du dich denn in Menschen reinversetzen, die sagen, »früher war alles besser«?

Ehrlich gesagt, fällt mir das schwer. Aber ich versuche dann immer rauszufinden, worauf sich diese Empfindung gründet. Meine Eltern zum Beispiel kommen aus der DDR, darum weiß ich darüber ein paar Dinge aus erster Hand. Ich sag's ganz ehrlich, da hätte ich nicht groß werden wollen. Nicht allein wegen der Zustände dort, sondern auch, weil ich von so einem System nicht geprägt sein wollte.

Wenn mir jemand heute sagt, dass er damals in der DDR glücklich war, dann ist das für mich mit dem Wissen von heute zwar schwer vorstellbar, aber mich interessiert das dann umso mehr. Auch wenn es Hunderte Regalmeter und Terabyte voll Fakten darüber gibt, wie krass der DDR-Staat mit den Menschen umgegangen ist, wie ein ganzes Volk belogen, betrogen, gegängelt, krank gemacht und ausgenutzt wurde, muss es ja nicht zwangsläufig heißen, dass alle ständig unglücklich waren.

Vielleicht hatte einer in der DDR einen angesehenen Job als Ingenieur, eine schöne Wohnung, ein Auto, eine Datscha und eine wunderbare Ehe. Und als die Mauer gefallen ist, hat man seine Ausbildung plötzlich nicht mehr anerkannt, er hat trotz jahrelangem Kampf keinen Job gefunden, irgendwann mit dem Alkohol angefangen und damit seine Frau vergrault. Dieser Mensch war in der DDR garantiert glücklicher und wird dir was husten, wenn du ihm mit deinen Büchern oder Wikipedia-Artikeln über Stasi, Reisefreiheit und Co. kommst.

Ja, objektiv betrachtet, war es alles andere als toll und definitiv ein Unrechtsregime. Aber wenn es etwas gibt, das wir zunächst mal vor allem subjektiv wahrnehmen, dann ist es unser eigenes Leben. Und wer bin ich, dass ich diesem anderen Menschen aufoktroyieren könnte, wie er sein bisheriges Leben zu finden hat.

Jeder kann heute ganz allgemein und gestützt mithilfe vieler, stichhaltiger Studien erkennen, dass früher nicht nur nicht alles besser, sondern ganz viel deutlich scheißiger war als heute. Und obwohl ich genau weiß, dass immer noch genug furchtbare Dinge in der Welt passieren und der Mensch es immer noch nicht gerafft hat, wie man so zusammenlebt, dass die Mitmenschen und die Erde nicht darunter leiden, gibt es heute trotzdem weniger Krieg, weniger Hunger, weniger Verkehrstote, weniger Krankheiten und weniger Kindersterblichkeit.

Das hab' ich mir nicht ausgedacht oder hergeträumt, sondern das ist so.

Dummerweise leben viele Medien, egal ob digital oder gedruckt, nicht von guten Nachrichten oder einem »konstruktiven Journalismus«, da sind Projekte wie »Perspective Daily« eine Ausnahme. Im Gegenteil, alle sind auf der Suche nach dem nächsten Aufreger, der nächsten Katastrophe und dem nächsten Weltuntergangsszenario. Wir bekommen von Mord, Totschlag und den Problemen in der Welt viel mehr mit als von den guten Sachen, wodurch der Eindruck entsteht, es würde immer schlimmer. Das Gegenteil ist der Fall, aber es fühlt sich tatsächlich überhaupt nicht so an.

Um beim Beispiel der DDR zu bleiben: Viele denken nach wie vor, es hätten in der DDR kaum Verbrechen stattgefunden. Der oberflächliche Vergleich der Kriminalstatistiken von Ost und West bestätigt das erst einmal. Schaut man aber genauer hin, dann stellt man fest, dass die Statistiken aus dem Osten geschönt wurden, um die Überlegenheit des Sozialismus »belegen« zu können.

Außerdem hat das DDR-Regime zu einem typischen Statistiker-Trick gegriffen: alles aus der Erhebung rauszunehmen, was das Ergebnis ungünstig beeinflussen könnte.

So wurden eine ganze Menge Delikte kurzerhand nicht mehr als *Straftat*, sondern als sogenannte *Verfehlung* gezählt. Plötzlich tauchten kleinere Diebstähle, Hausfriedensbruch oder Beleidigungen nicht mehr in der DDR-Kriminalstatistik auf – in der BRD aber schon.

Das heutige Deutschland ist nicht frei von solchen Spielchen, denn jede Regierung, jedes Land und jede Behörde möchte in den Statistiken letztendlich gut dastehen. Bestes Beispiel sind die Arbeitslosenzahlen, denn es sind definitiv mehr Menschen arbeitslos, als die Bundesagentur in ihrem Bericht angibt.

Aus der offiziellen Zahl fallen zum Beispiel alle raus, die gerade eine »arbeitspolitische Maßnahme« in Anspruch nehmen – also so was wie Weiterbildung, einen Sprachkurs oder auch einen 1-Euro-Job. Auch wer älter ist als 58 Jahre und Hartz 4 bezieht, taucht in der Zahl erst mal nicht auf.

Dadurch entsteht ein Ergebnis, das gefälliger aussieht, als es der Zustand eigentlich rechtfertigt. Der Unterschied zur DDR ist aber, dass man auch die anderen Zahlen problemlos findet, wenn man im Netz die Begriffe »Statistik« und »Arbeitslosenzahlen« sucht – und zwar nicht versteckt bei Wikileaks, sondern in ganz normalen Zeitungsartikeln und bei der Bundesagentur für Arbeit selbst.

Das liebe Internet hat da mal wieder ganz eigene Herausforderungen parat: In einem Bericht von SPIEGEL ONLINE aus dem Jahr 2011 berichtet zum Beispiel ein Kriminaloberkommissar für Computerkriminalität, dass er bei einem Betrugsdelikt auf Ebay besser »nicht nachfragt, ob der mutmaßliche Täter noch mehr Menschen geschädigt haben könnte«. Denn: »Sonst habe ich direkt Hunderte Fälle an der Backe, die sich ohnehin nie aufklären lassen.« Da wär plötzlich was los in der Verbrechensstatistik!

Gründliches Hinterfragen von Statistiken ist also nicht besonders hip, auch bei vielen Medienmachern nicht. Es ist natürlich tausendmal besser, wenn man etwas in eine möglichst schockierende Schlagzeile packen kann, über die sich viele Leute aufregen, ohne den Artikel darunter zu lesen. Durch diese künstlich erzeugte Schnappatmung entsteht das Gefühl, dass heutzutage viel mehr Scheiße passiert als früher. Dabei ist das Gegenteil der Fall – wir werden nur mit viel mehr negativen Infos zugeballert, weil sich die im Netz besser verteilen.

Ich für meinen Teil freu mich auf die Zukunft und auf das, was wir noch erreichen werden. Ich glaube, die Menschheit ist trotz allem Wahnsinn auf einem guten Weg und wird bald verstehen, dass sie nicht mehr vom Untergang der Welt ausgehen muss.

Klar sind solche Leute wie Donald Trump ein herber Rückschlag. Aber trotz allem interessieren sich die Menschen für erneuerbare Energien, sie wollen wissen, wo ihr Essen herkommt, machen sich Gedanken über Mikroplastik in Duschgels und gehen aufmerksamer einkaufen als je zuvor.

Wir kapieren immer mehr, dass wir durch unser Verhalten tatsächlich maßgeblich mitbestimmen können, was man uns vorsetzt, und dass wir investigative Events selbst triggern können.

Die #meToo-Bewegung wäre in dieser Form ohne Social Media nicht denkbar gewesen. Und auch diese immense Bewegung, die von den überlebenden Schülern der Stoneman Douglas Highschool in Parkland losgetreten wurde, hätte es so nicht gegeben.

Eine rechtskonservative Fernsehmoderatorin beleidigt einen der Schüler, und der veröffentlicht eiskalt die Firmen und Marken, die in ihrer Sendung Werbezeiten gebucht haben. Daraufhin springen dem Sender unzählige Werbepartner ab, und das trifft die natürlich ungleich mehr als eine Anzeige wegen Beleidigung oder ein einzelner Zeitungsartikel.

Klar kann man das alles auch kritisch sehen, und das sollte man auch, denn es verdeutlicht zugleich, welche Macht das Internet hat, wenn es von jemandem genützt wird, der weiß, wie es geht. Hier war es ein siebzehnjähriger Schüler, der sich gegen einen Fernsehsender stellt. Was passiert, wenn sich Russland via Social Media in die Wahlen anderer Länder einmischt, ist das gegenteilige Beispiel, und ich hoffe wirklich sehr, dass Facebook und Co. hier bald eine funktionierende Lösung finden, die unsere Demokratien schützt.

Auf jeden Fall haben wir durch das Internet so einfachen Zugang zu Infos wie nie zuvor: Was bedeutet Genforschung, und warum ist das für mich relevant? Wer kämpft eigentlich gegen wen im Syrienkrieg und warum? Niemand, der einen unzensierten Internetanschluss hat, muss ungebildet bleiben. Ich kann in der letzten Einöde ohne Buchhandlung, Bibliothek und Tageszeitung leben und habe trotzdem alles, was ich brauche, um alles zu wissen und zu lernen, was ich möchte.

Das Problem ist heute eher, wie man diese vielen Infos gefiltert bekommt und welchen News-Outlets ich vertrauen will. Wir haben innerhalb eines verdammt kurzen Zeitraums plötzlich einen dicken Koffer voller Möglichkeiten vor die Füße gestellt bekommen – jetzt müssen wir nur noch lernen, verantwortungsvoll damit umzugehen.

MIT »FAKE NEWS« bezeichnen wir heute erfundene, manipulative oder hetzerische Falschmeldungen in den sozialen Medien. Donald Trump hat den Begriff bekannterweise für sich entdeckt, um kritische Stimmen damit zu diffamieren – vorzugsweise in Großbuchstaben und mit entsprechend vielen Ausrufezeichen dahinter. Wer ein bisschen googeln kann, findet bei den meisten Meldungen dieser Art innerhalb von Sekunden heraus, ob es sich um Fakten oder Fake News handelt. Manchmal ist es aber doch nicht ganz so einfach – vor allem, wenn man ein wöchentliches Onlineformat über News als One-Man-Show betreibt, wie das bei LeNews der Fall ist.

00:30 / 28:47

Du bist ein paarmal auf Fake News reingefallen …

In den sechs Jahren, seit ich das hier betreibe, bin ich drei Mal sauber reingefallen. Dabei war ich aber nicht immer allein, denn auch SPIEGEL, Focus und Co. sind mitunter fröhlich reingetappt und mussten dann zurückrudern. Ich natürlich genauso: Das mache ich dann mit einem Video, in dem ich sage: »Leute, das war eine absolute Nullnummer, schaut mal hier, da lag ich daneben. In Wirklichkeit ist es so und so.«

Wofür ich aber mal richtig auf den Sack gekriegt habe, war mein Video über den Bombenanschlag auf den Bus des BVB. Da hab ich ein Bild des echten zerstörten Busses genommen und hübsch eine Explosion daneben gephotoshopped. Klar war das total übertrieben, und inzwischen bin ich in Photoshop ja auch entsprechend gut unterwegs – das Bild sah einfach zu real aus. Da bin ich dann zurückgerudert und hab klar gesagt: »Ups, im Ton vergriffen, das war drüber.«

Besonders kacke war auch die Nummer mit Putin und dem Anschlag auf das World Trade Center im Jahr 2015. Da les' ich in der Früh in irgendeinem Liveticker: »Putin droht mit Beweisen für die 9/11 Verschwörung der US-Regierung!« Plötzlich war ich hellwach und dachte mir: »Alter! Ist das krass.« Und da ich regelmäßig geflutet werde mit Anfragen, ob ich nicht mal was über 9/11 machen kann, dachte ich mir: »Ha, jetzt ist es so weit. Diesmal greif ich das Thema auf, denn das ist ja mal richtig fett!« Und der Absender der Nachricht, also dieser Newsfeed, den ich morgens sah, war für mich als Quelle vertrauenswürdig, da eine riesige Redaktion dahintersteckt. Ich hab extra noch was für die Montagsfolge nachgedreht und ... am Dienstag wurde es dann voll zerfetzt.

Noch heute findet man ohne Ende Beiträge dazu, die die Info ähnlich unkritisch übernehmen wie ich damals. Auch meine Gegendarstellung findet man noch, in der ich erkläre, dass ich einem Hoax aufgesessen bin. Diverse Leute haben inzwischen versucht nachzuvollziehen, woher die Meldung eigentlich stammte: Da hat wohl jemand auf einer ziemlich ekelhaften Plattform, die ich gar nicht nennen will, damit da nicht noch wer draufklickt, tatsächlich nur eine rhetorische Frage gestellt. *Is Putin considering whether to expose evidence ...?* und so weiter. Und daraus wurde dann durch den Durchlauferhitzer World Wide Web irgendwann eine Erwähnung in einem Liveticker eines etablierten deutschen News Portals, der bei mir morgens über den Bildschirm lief.

Ich will nicht sagen, dass mir so was nie wieder passieren kann, aber ich habe aus diesen beiden Erlebnissen ganz schön was an Erfahrungen mitgenommen.

Trotzdem ist meine Bilanz positiv: Seit sechs Jahren produziere ich zwei bis drei Folgen die Woche, mit jeweils drei bis acht Themen – und habe insgesamt dreimal danebengelangt. Diese drei Mal waren natürlich trotzdem kacke, und ich ärgere mich bis heute darüber.

Abgesehen von der berechtigten Kritik bei Hoaxes nervt mich aber ein anderer Typ von Kritikern wie Sau: dauerbeleidigte Social Justice Warriors. Diese Pseudomoralisten, die in allem sofort was Böses erkennen wollen und das dann auch entsprechend empört teilen, sind einfach nur anstrengend. Hier wird sich ganz grundsätzlich bei jeder Gelegenheit stellvertretend für jede Minderheit aufgeregt bis kurz vor der spontanen Selbstentzündung. Und es geht dann gar nicht um eine Auseinandersetzung, sondern nur darum, dass man besonders laut irgendwas Moralinsaures rumtrompeten kann, um zu zeigen, wie überlegen man selbst und wie scheiße dagegen der YouTuber ist.

Ich habe zum Beispiel einmal einen Twitterpost geschrieben: »So Männers, ab zum Sport.« Dazu eine GIF-Animation. Einfach nur, weil ich eben gerade mit meinen Kumpels Oli und Boris zum Sport gegangen bin.

Als ich nach dem Training wieder bei Twitter reinschaue, steht da die viel beachtete Antwort einer jungen Frau: »Du bist also der Meinung, dass nur Männer zum Sport gehen? Was ist mit deiner weiblichen Zuschauerschaft!!!???!!«

Darauf kann man doch nix anderes antworten als: »Sorry, hab Kopfschmerzen.«

Noch ein Beispiel: Vor ein paar Tagen hatten wir einen Livestream. Wir haben *Starbound* gespielt, und da entscheidet man sich ja am Anfang des Spiels für eine von neun Rassen. Frodo spielte einen Roboter, Oli war irgend so ein Gas-Vieh, und ich hab mich für die *APEX* entschieden – eine an den »Planet der Affen« angelehnte superintelligente Affengesellschaft.

Prompt kam die Frage, ob ich es denn wirklich gut fände, mich als *weißer Mann des Patriarchats* für eine *Rasse in Affengestalt* zu entscheiden? Es tut mir leid, ich weiß nicht, was ich dazu sagen soll. Da war ich wirklich sprachlos, und das passiert mir jetzt nicht so arg oft. Was Leute mitunter willentlich in Dinge reininterpretieren, ist ein Graus und eine Gaudi zugleich.

Bevor jetzt auch dieses Buch sofort einen wütenden Verriss erhält, sei hiermit gesagt: Nein, es ist natürlich *nicht* falsch, sich generell ein paar mehr Gedanken zu machen über Gender, Identität und soziales Bewusstsein! Klar ist es lächerlich und armselig, wenn man mit einem Bild halb nackter Frauen, die sich mit pornös geöffnetem Mund auf einer Motorhaube rekeln, für einen Polierschwamm wirbt. Und logo muss man die Werbefachkräfte von der H&M-Agentur mal fragen, ob sie eigentlich zu rudimentären kausalen Denkprozessen fähig sind, wenn sie einem kleinen, schwarzen Jungen einen Pulli mit der Aufschrift »Coolest Monkey In The Jungle« anziehen und mit dem Foto lauthals loswerben. Gab es denn da nur diesen einen verwirrten Typ in der Agentur, der das Model ausgesucht, dem den Sweater übergeworfen, das Foto gemacht und es sofort veröffentlicht hat? Wo waren denn die anderen Hundertschaften, mit denen ansonsten jedes Meeting überschwemmt wird? Sonst wird doch auch alles in klitzekleine Stückchen zerlabert, bis von der ursprünglichen Idee nichts mehr übrig ist als ein weiterer gebrochener Kreativer, der im Hintergrund aus dem zehnten Stock springt, während sich vorne alle auf die Schulter klopfen, weil sie sich für einen weißen Schriftzug auf weißem Hintergrund mit weißem Rahmen auf einem weißen T-Shirt entschieden haben. Wo waren die denn alle, als dieses Foto ausgewählt wurde? Und wenn sie alle da waren, wo haben sie ihre Hirne gelassen? Eingeglast in der agentureigenen Hipster-Küche aus Naturstein, neben den Fresh Herbs aus dem Vertical Indoor Garden? Ich kann das immer noch nicht fassen.

Ich finde, man kann darüber diskutieren, wie schlimm das Foto jetzt wirklich war und ob nicht die Denke hinter dem Rassismusvorwurf das eigentlich Rassistische ist. Sollte nicht jeder Mensch anziehen dürfen, was er will, ohne dass man ihn auf seine Hautfarbe reduziert? Wer hat denn hier eigentlich wirklich die Vorurteile? Der, der einfach nur sagt: »Nettes Foto, cooler Junge« – oder derjenige, der im Kopf sofort die Querverbindung zu klischeebeladenen Dschungelvölkern zieht, die mit Knochen im Haar um einen Topf rumtanzen, in dem ein bleichgesichtiger Forscher mit Tropenhelm vor sich hin köchelt?

Ich finde zumindest, dass man darüber reden kann, und darum hab ich zu dem Thema damals auch einen Clip gemacht. In den Kommentaren waren viele, die gesagt haben: »Ich hab' da nur nen Jungen mit nem Pulli gesehen« oder »Rassistisch sind die, die da einen Bezug herstellen«.

Aber Fakt ist nun mal, dass sich in Südafrika eine Menge Menschen so beleidigt und diskriminiert gefühlt haben, dass sie nicht nur H&M boykottiert, sondern auch diverse Läden zerlegt haben. Dass dabei auch Kram geklaut wurde, finde ich persönlich jetzt ein bisschen armselig, aber wer weiß, was das für eine Eigendynamik bekam.

Stell dir vor, du bist obdachlos in Johannisburg und wohnst an einer Straßenecke unter dem Vordach vom H&M. Plötzlich rennen da hundert Leute schreiend an dir vorbei, brechen durch die Tür und verwüsten den Laden, bis nur noch Sägespäne übrig sind. Da kommst du doch zumindest mal ins Grübeln, ob da nicht noch irgendwo eine passende zweite Unterhose zum Wechseln für dich abfällt. Keine Ahnung, ob das so war oder ob sich die Protestanten gedacht haben: »Ich nehm jetzt mal zwei Hände voll Klamotten mit, verbrenn die dann aber zu Hause im Garten.«

Wie auch immer, egal ob Fake News, Hoaxes, berechtigter oder aufgeblasener Erregungswahn – das Internet ist voll mit den irrsten Themen, Menschen, Meinungen, Ideen und Verrücktheiten. Ungefiltert, jederzeit.

Vielleicht steckt dahinter ja auch das Jedi-Prinzip von der »*Macht im Gleichgewicht*«. Auf der Jedi-Seite haben wir nun also diesen direkten und einfachen Zugang zu Informationen, und wir könnten alle aufgeklärt, gebildet und weise vor uns hin nickend im Lehnstuhl entspannen. Aber dann schwingt sich der Imperator auf, setzt uns Darth Trump vor die Nase und schickt uns eine Armada an Fake News. So bringt er Balance in das Machtgefüge: Wo Licht ist, muss auch Schatten sein. Wenn die eine Seite droht, die Oberhand zu gewinnen, verdoppelt und verdreifacht die andere Seite ihre Anstrengungen, um dagegenzuhalten – das Gewicht des Gegners ändert sich also ständig.

Nehmen wir mal als weiteres Beispiel die Pegida-Wichtel. Trotz ihrer gesamtdeutsch gesehen zahlenmäßigen Unterlegenheit machen die einen Mordsradau, und ihr Gebrüll ist sogar über die Landesgrenzen hinaus bis in die USA zu hören. Also könnte einer der Wege sein, mit Fakten und Infos einfach noch mehr Getöse zu machen als die Gegenseite. Andererseits könnte das zu einem Gewöhnungseffekt führen, sodass dann viel zu vielen Menschen bestimmte Themen viel zu schnell egal sind.

Mir übrigens nicht. Ich geh jeden Tag aufs Neue bei den gleichen Sachen an die Decke. Das ist auch ganz gut so, ich muss mich ja mehrmals in der Woche authentisch aufregen, und wie man sieht, geht das völlig problemlos.

Und ich glaube, man muss den Leuten da draußen noch konsequenter den Spiegel vorhalten, sie noch mehr provozieren, damit sie ihr Hirn einschalten. Wir brauchen zum Beispiel viel, viel mehr Sendungen wie »Die Anstalt«. Und das gehört gefälligst in die Primetime!

John Oliver hat mit »Last Week Tonight« eine einzigartige Show auf HBO, in der er die komplexesten Zusammenhänge auf eine Weise erklärt, die wirklich jeder versteht. Und das macht er auf eine so originelle und brutal witzige Art, dass ich mir vor Kurzem erst zwanzig Minuten lang seinen Beitrag über die Wahl in Italien angeschaut hab, obwohl ich an dem Thema eigentlich nicht so direkt interessiert war. Das Krasse ist, dass man sich diese Dinge danach wirklich merken kann.

Ich hab bei anderen Themen, von denen ich keinen Schimmer hatte, sogar schon zuerst nachgeschaut, ob John Oliver das bereits erklärt hat. Und erst, als ich da nicht fündig wurde, hab' ich bei Wikipedia nachgelesen. So was fehlt uns in Deutschland – und nicht nur dieses eine Format, sondern ganz viele.

In den USA sind die nächtlichen Talkshow-Hosts ja inzwischen die offiziellen Erklärbären für nationale und internationale Politik. Wenn ich wissen will, was Trump und seine Kumpels heute wieder so losgelassen haben, schaue ich am besten bei der Late Show rein und gebe mir den Anfangsmonolog von Steven Colbert. Danach weiß ich alles, was heute zu dem Thema wichtig war, und hatte zehn Minuten lang eine gute Zeit.

Man muss über dieses ständige Grundrauschen hinaus lauter werden, und wir müssen die Dummheit ins Rampenlicht ziehen, damit sie sich selbst entlarvt.

Und Trump bereitet trotzdem seine zweite Amtsperiode vor.

Ich glaube, er wird nicht wiedergewählt. Darauf wette ich. Und wenn ihn die Amis tatsächlich noch einmal wählen sollten, dann esse ich diesen ganzen Tisch hier vor uns. Mit Messer und Gabel, aber ohne Salz.

Auch wenn ich täglich viele Dinge in den sozialen Medien sehe, die mir den Glauben an die Menschheit für immer rauben könnten, glaube ich trotzdem weiter unerschütterlich an den gesunden Menschenverstand.

Und der sagt mir, nein, der schreit mir zu, dass ein ganzes Land unmöglich so dämlich sein kann, noch einmal diesen selbstverliebten Frisurenkaiser auf den Thron zu setzen.

AM 13.07.2015 VERÖFFENTLICHTE LeFloid sein Interview mit Bundeskanzlerin Angela Merkel. Vorab hatte er unter dem Hashtag #netzfragtmerkel Fragen gesammelt, die er ihr in einem dreißigminütigen Gespräch vortrug. Die etablierten Medien reagierten eher kritisch, warfen Flo vor, er habe nach ihren teils typisch zermerkelten Antworten nicht noch einmal nachgefragt und sei insgesamt zu sanft mit der Kanzlerin umgegangen. Warum das so war, beantwortete LeFloid damals mit folgendem, sehr ehrlichen Satz: »Weil es die fucking Kanzlerin war und ich ein fucking YouTuber bin, der die fucking Kanzlerin interviewen wollte.«

00:30 / 28:47

Würdest du die »fucking« Bundeskanzlerin gerne noch einmal interviewen?

Fuck, yeah. Ich würde es gerne noch mal machen, aber nur unter drei Prämissen:

Erstens würde ich nur einen Livestream akzeptieren, also keine Aufzeichnung, bei der man eventuell nachträglich Schnitte verlangen kann.

Zweitens würde ich keine Community-Fragen mehr mit reinnehmen, sondern das beackern, was ich wissen will.

Drittens würde ich es nur dann machen, wenn ich fragen darf, was ich will – auch wenn es dann heißt: »Wir brechen ab«, dann ist das eben so.

Das ganze Interview war schon eine ziemlich seltsame Nummer. Wir hatten erst mit ihrem Lichtdouble zu tun. Das ist eine Frau, die vorab überprüft, ob die Kanzlerin an dem Platz, wo sie sitzen soll, auch nicht geblendet wird. Auch ein geiler Job: Licht-Vorkoster.

Dann betrat die Bundeskanzlerin den Raum, und es wurde sofort drei Grad kälter. Sie sagte Hallo, nickte alles ab, setzte sich hin, und wir legten los. Ich wurde tatsächlich ziemlich nervös, was man mir auch anmerkte.

Vielleicht sollte ich an der Stelle einmal darauf hinweisen, dass es sich auch in dieser absurden Situation bei LeFloid um einen Menschen handelt, der vor gar nicht allzu langer Zeit maßgeblich damit beschäftigt war, nicht noch mal durchzufallen oder von der Schule zu fliegen. Und ein paar Jahre später sitzt dieser Typ, also ich, dann im Kanzleramt und darf ein Interview mit Bundeskanzlerin Merkel machen. Ich hab es so gut gemacht, wie es mir unter den damaligen Umständen möglich war.

Der Erwartungsdruck der anderen und vor allem meine eigenen Erwartungen und das ganze Drumherum waren schon eher stressig. Es wurde von den Medien auch ganz schön hoch gehängt. Und »deutscher« hätte der Umgang mit mir und dem ganzen Vorhaben kaum ausfallen können. Häme: Check. Neid: Check. Überheblicher Tonfall: Check.

Als dann kurz darauf das traditionelle Sommerinterview mit Tina Hasse und Rainald Becker in der ARD stattfand, hab ich mir das angeschaut und die ganze Zeit gewartet, ob die beiden TV-Profis die Kanzlerin so in die Zange nehmen, wie das von mir erwartet worden war. Aber was ich sah, war ein professionelles, höfliches, aber eben auch brutal langweiliges Gespräch, ohne irgendwelche Anzeichen davon, dass da jemand versucht hätte, die Kanzlerin auf irgendwas festzunageln.

Auch in der Zeit danach hab ich mir immer wieder Interviews mit Frau Merkel angeschaut. Kein einziges Mal wurde ich Zeuge unnachgiebiger Nachfragen, weltverändernder Enthüllungen oder auch nur einer einzigen Antwort, die weniger zermerkelt gewesen wäre als bei mir.

Ich gehe mal davon aus, dass es ein zweites Interview mit mir nicht geben wird. Erstens sprechen da meine drei obigen Prämissen dagegen, und zweitens könnte ich die Kanzlerin ja jetzt auf die ganzen Dinge festnageln, die sie damals gesagt hat.

Ob es dann tatsächlich besser funktionieren und sich als voll spektakulär herausstellen würde, darf trotzdem bezweifelt werden. Denn eins hat sich nicht geändert: Unsere Bundeskanzlerin ist in puncto Interviews kein Levelboss, sondern der Endgegner. Da kommst du nur mit der richtigen Strategie durch, und eigentlich brauchst du dafür einen Krieger in Plattenrüstung, einen Magier, einen Heiler und zwei Bogenschützen.

Und selbst dann kann es sein, dass es danach nur heißt: »Thank you, Mario! But the Princess is in another castle«, und sie ist dir wieder entwischt.

#werte

#schmerzgrenzen

#gesetze

#noretro

#fakenews

#merkelandme

#duhastdiewahl

#ditisberlin

#brokendreams

#cybermobbing

#trolle

#nerdom

#anfängerglück

#reisen

#druckreif

#morefuture

FLO SETZT SICH immer wieder mit Vehemenz und Hingabe dafür ein, die Menschen zum Wählen zu animieren. Von diversen eigenen Clips zum Thema über eindringliche Appelle auf seinen Social-Media-Kanälen und in Interviews bis hin zum Engagement als Jurymitglied bei einem Contest namens »Germanys Next Bundeskanzler/in« ist er sich augenscheinlich für kaum etwas zu schade, wenn es denn nur Leute in die Wahlkabinen treibt.

Geht wählen, weil …?

… Weil! Ihr! Wählen! Gehen! Sollt! Ich will das in Großbuchstaben haben: GEHT WÄHLEN. Ich finde grundsätzlich alles gut, was das Thema propagiert. Ich finde es auch gut, wenn sich Social Influencer und Social-Media-Plattformen dazu motivieren oder von mir aus auch bezahlen lassen, um zum Wählen aufzufordern. Ich bin ein Wahlpropagierfluencer.

Und wenn mich jemand fragt, was seine einzelne Stimme denn bringen soll, dann verweise ich auf die aktuelle Situation im Bundestag und frage, ob das so bleiben soll. Die AfD sitzt jetzt auf 94 von 709 Sitzen.

Wenn alle, die finden, dass die AfD dort nichts zu suchen hat, damals wählen gegangen wären, statt auf dem Sofa zu chillen, dann würden uns die Gesichter von Weidel, Gauland und Co. nicht mehr tagaus, tagein aus dem Bundestag heraus angreinen.

Ich glaube übrigens gar nicht mehr, dass da so viele Leute »aktive Nichtwähler« sind. Viele sind einfach nur zu faul. Zu faul im Hirn, zu faul, um drei Meter zum Wahllokal zu gehen, und zu faul, um einen Button zu klicken, auf dem *Briefwahl* steht. Und um sich nicht aus dem Sessel bewegen zu müssen, bringen sie dann das Argument: »Bringt ja eh nix.« Oder noch armseliger: »Ich hab' da echt keine Zeit für.«

Auf jeden Fall haben genau diese Leute oft mehr als genug Zeit, um den ganzen Tag auf Facebook zu meckern, wie sinnlos es ist, wählen zu gehen. Wenn du dann aber eine Diskussion darüber beginnst und die Argumente auf deiner Seite sind, dann heißt es: »Ich hab' schließlich noch was anderes zu tun.«

Das Gute ist, wenn so eine Diskussion dann auf Twitter oder unter meinen Clips stattfindet, lesen das ja eine Menge Leute mit. Die hören also auch meine Argumente und schalten dann vielleicht den Kopf ein. Deswegen zieh ich das gnadenlos durch und hör auch nicht auf damit. Irgendwann verfängt es.

In Gesprächen mit Politikern kommt gerne mal die Frage: »Herr Mundt, Sie kennen sich doch aus mit diesen Dings, diesen ... *jungen Leuten*. Was glauben Sie denn, wie wir die zum Wählen animieren können?«

Meine Antwort ist da immer: »Mit allem.« Es gibt so viele unterschiedliche Menschen. Und jeder reagiert anders auf Motivationsversuche.

Die einen erreichst du mit einem guten Spruch auf Twitter, die anderen mit einem witzigen Bild auf Instagram, wieder andere mit einer auffälligen Aktion in der Innenstadt, mit Promis, TV-Formaten, Flashmobs, Flugblättern, Plakaten, Fernsehwerbung – egal! Je mehr, desto besser.

Und wenn dann jemand sagt: »Boah, überall nur noch *Geh Wählen!*, *Geh Wählen!* Das nervt!« Dann sag ich: »Das nervt dich nur, weil du eigentlich ganz genau weißt, dass du wählen gehen solltest, und drum stresst es dich. Also schieb deinen Arsch ins Wahllokal, mach das Kreuzchen, und danach wird es dich nicht mehr nerven. Versprochen!«

Klar kommt dann mal so halb im Ernst zurück: »Bin wählen gegangen, aber es nervt mich immer noch lol.« Dafür hatte er den einen dummen Spruch bei mir frei.

#werte

#schmerzgrenzen

#gesetze

#noretro

#fakenews

#merkelandme

#duhastdiewahl

#ditisberlin

#brokendreams

#cybermobbing

#trolle

#nerdom

#anfängerglück

#reisen

#druckreif

#morefuture

FLO IST GEBORENER Ur-Berliner. Und wie bei Berlinern üblich, kann er die Stadt in einem Satz gleichzeitig loben und verdammen.

Du findest Berlin so gut, dass du jetzt nach Brandenburg aufs Land ziehst?

Haha, ja das trifft es. Ich mag Berlin sehr und ziehe jetzt 50 Kilometer weit weg in eine Kleinstadt.

Ich bin der Großstadt überdrüssig. Seit zwei Jahren nervt mich Berlin – unter anderem deswegen, *weil* es eine Großstadt ist. Da kann Berlin selbst nix dafür.

Ich mag es, in Berlin zu arbeiten. Ich geh hier auch gerne feiern. Daran wird sich auch nichts ändern. Wenn man geborener Berliner ist, hat man diese Stadt im Herzen.

Und ich kann zum Bäcker sagen: »Gib mir ein Brötchen, halt die Klappe, ich liebe dich, bis morgen.«

Wenn man so will, spiegelt sich in diesem Satz die

gesamte Ambivalenz Berlins wider. Ich schimpfe über Berlin, und ich verteidige es, wenn jemand anders darüber schimpft. Bisher mochte ich Berlin mindestens genauso gerne, wie es mich genervt hat.

Aber mit der Zeit hat sich bei mir dann doch ein Ermüdungseffekt eingestellt. Ich weiß zwar sehr genau, dass der Spruch, den ich in der Früh gedrückt bekomme, wenn ich einen Kaffee holen will, auf eine ruppige Art nett gemeint ist. Aber irgendwie brauch ich um die Uhrzeit kein: »Ick hab die Maschine jerade erst hochjefahren, Meester. Wolln wa heute Morjen zur Abwechslung ma entspannt starten?«

Ich muss vom Taxifahrer auch nicht hören: »Wenn's et eilich haben, empfehl ick die Feuerwehr.«

Und klar, meistens kann ich lachen über: »Ja ick weiß, du hast vor zwei Stunden bestellt, aber im Gegensatz zu dir bin ick nich rumjesessn und hab andern bei der Arbeit zujeseh'n, wa?«

Und trotzdem: Warum kann sich der Typ nicht einfach entschuldigen und erklären, dass er gerade kaum hinterherkommt, weil sie offensichtlich unterbesetzt sind? Nein, stattdessen bekomme ich eine reingebrettert, weil ich gefragt hab.

Der Comedian Kurt Krömer hat mal von seinem Urlaub in Bayern erzählt. Er hatte ein Bier bestellt, das er dann auch tatsächlich ziemlich schnell bekam. Die Kellnerin stellte es vor ihn hin, lächelte und sagte: »Bitte schön.«

Und da war der Kurt völlig perplex, so was kannte er nicht aus Berlin.

Obwohl die Anonymität der Großstadt auch ihre unbestreitbaren Vorteile hat, merke ich doch immer mehr, wie mich auch dieser Umstand bedrückt. Dieses teilnahmslose Nebeneinanderherleben, die Abgrenzung zwischen »ich und meins« und »die anderen«... ich möchte das nicht mehr. Dazu kommt noch alles, was man in einer so großen Stadt eben gratis dazubekommt, wie Stau, Gedränge, klebrige Luft und dergleichen. Es kann auch sein, dass ich diese neue Land-Sehnsucht habe, weil ich älter werde.

Schließlich verwirkliche ich mir mit dem Haus, das wir in Brandenburg gekauft haben, jetzt den ultimativen Spießertraum. Ich möchte einen Garten mit zwei Hunden und mit Hühnern, die mir Frühstückseier legen. Ja, das kann man kitschig finden, und da kann der Berliner eine Menge Sprüche drüber reißen. Aber das ist mir egal, denn das fühlt sich jetzt gut an, und darum machen wir das jetzt.

Ich hab gerade diesen Drang nach draußen, und meine Frau genauso. Das prägt auch heute schon unser Leben: Wir haben Gott sei Dank einen relativ großen Balkon und bauen da schon seit Längerem Gemüse und Kräuter an. Das ist umso geiler, weil ich ja auch total aufs Kochen abfahre. Ich geh einfach raus auf den Balkon und hol mir da meine eigenen Tomaten, Chilischoten, Paprika und das Basilikum.

Das Kochen ist ja auch schon so ein Gemütlichkeits-Ding, was viele spießig finden – ich find's aber einfach nur geil. Man ist zu Hause, man kocht sich was und stellt vor dem Essen eine Kerze auf den Tisch, einfach weil es netter aussieht. So fängt es an und endet eben irgendwann in einem Haus auf dem Land mit Fensterläden vorne und einem Hühnerstall dahinter.

Mit dem Kochen hab ich schon mit zwanzig in meiner ersten Wohnung angefangen. Es hat für mich was Meditatives, ich kann dabei entspannen. Ich bin auch ein großer Hörspielfan, und das lässt sich super verbinden. Das ist zwar nicht gerade kommunikativ, aber das macht nix, denn ich koche tatsächlich am liebsten allein.

Essen tun wir natürlich zusammen, das ist ja klar. Und auch beim Aufräumen und Abspülen will ich dann nicht unbedingt alleine sein, wer hätt's gedacht.

Ich bin auf jeden Fall sehr gespannt, wie das mit uns und dem Haus in Brandenburg laufen wird. Es gibt ja genug Geschichten von Berlinern, die auch »aufs Land raus gemacht« haben. Grundstückskauf, Hausbau, Kombi gekauft, Kinder werden eingeschult, Hund wird angeschafft und ... nach zwei Jahren sind sie alle wieder da. Mit einem Auto, das in keine Parklücke passt, und einem riesigen Hund, der jetzt in den schmalen Grünstreifen vorm Haus kacken muss.

Also ruf mich am besten in zwei Jahren noch mal an. Entweder sag ich: »Super läuft's, hey, komm doch mal vorbei, und ich koch uns was.« Oder ich leg einfach auf.

Dann weißt du, ich wohne wieder in Berlin.

FLO HAT NICHT nur zu Berlin und zum Stadtleben ein gespaltenes Verhältnis. Auch Ärzte und insbesondere Krankenhäuser sind für ihn ein Problem. Ursprünglich wollte er sogar Chirurg werden, doch das Schicksal sorgte mit seinem unnachahmlichen Sinn für bösartige Ironie dafür, dass genau diese Zunft ihm diesen Weg für immer verwehrte.

Du bist kein Chirurg geworden, und selbst wenn du das heute noch wolltest …

… könnte ich es nicht. Genau. Und das einzig und allein wegen der Chirurgen, die meine Hand verhunzt haben. Ich hatte im Alter von fünfzehn Jahren einen Fahrradunfall mit meinem BMX-Rad und musste an der Hand operiert werden.

Bei der ersten Operation wurden die Knochen zusammengesetzt, der Knochen wieder in den Ellbogen eingeführt und so weiter. Die Ärzte schienen zu wissen, was sie taten, und ich war den Umständen entsprechend halbwegs entspannt und zuversichtlich, dass das alles wieder wird.

Aber nach ein paar Wochen hab ich gemerkt, dass ich

die Hand nicht mehr bewegen kann. Ein MRT wurde gemacht – also eine Kernspintomografie, bei der man genau sehen kann, was Sache ist. Und da wurde dann glatt festgestellt, dass die Leute damals bei der ersten Operation vergessen hatten, nicht nur die Knochen, sondern eben auch die *Nerven* wieder miteinander zu verbinden.

Daraufhin hat man in mehreren weiteren Operationen versucht, das nachträglich – und leider viel zu spät – so gut wie möglich zu reparieren. Das Ende vom Lied ist: Wenn du meine rechte Hand genauer anschaust, stellst du fest, dass sie etwas kleiner ist als die linke. Die rechte hat nämlich aufgehört zu wachsen. So sah meine Hand mit fünfzehn aus. Außerdem hab ich in Daumen, Zeigefinger und Mittelfinger der rechten Hand kein Gefühl mehr.

Aus der Traum von der Karriere als Chirurg. Aber auch Musikinstrumente, für die man alle Finger braucht, kann ich im Großen und Ganzen vergessen.

Ich hab dann erst mal versucht, mit links zu schreiben. Das hat nicht funktioniert, also musste ich neu lernen, mit der Rechten zu schreiben – ohne Gefühl in den wichtigsten Fingern ist das echt hart, sag ich dir. Dass ich mit der rechten Hand heute was greifen kann, wäre noch vor ein paar Jahren undenkbar gewesen. Bis es so weit war, wie es heute ist, hat es sechs Jahre und unzählige Stunden Reha gebraucht.

Darum habe ich bis heute auch diese extreme Abneigung gegen Krankenhäuser. Ich weiß, dass das irrational ist, aber ich kann es nicht abschütteln. Es kostet mich richtig Überwindung, eines zu betreten.

Und ich kann Ärzten nur noch schwer vertrauen. Ich will nicht nur eine zweite Meinung hören, sondern auch eine dritte, vierte und fünfte. Und basierend auf meiner Erfahrung kann ich jedem nur dazu raten, sich bei größeren Sachen mindestens von einem weiteren Arzt beraten zu lassen.

Der Unfall und die Geschichte mit der Hand hatten auch noch einen anderen Effekt auf mich und mein Leben: Ich hab schlagartig damit aufgehört, irgendwas zu planen. Damit meine ich natürlich nicht alltägliche Kleinigkeiten wie: »Wohin fahren wir in den Urlaub?« oder »Morgen muss ich vor dir ins Bad, weil ich früh zum Flughafen fahre«.

Womit ich damals aufgehört habe, ist die Lebensplanung. Ich weiß seitdem, dass sich alles jederzeit schlagartig ändern kann, und zwar so profund, dass man nicht mehr auf den alten Weg zurückfindet. An der Stelle, an der früher mal ein Pfad war, wächst im nächsten Augenblick ein Dornengestrüpp – man kann nicht zurück, selbst wenn man wollte. Da steht man dann rum, mit seinen Plänen, und lamentiert vor sich hin, dass alles so toll und rosa und voller Sterne gewesen wäre, wenn man nur weiter diesen anderen Weg hätte gehen können. Der ist aber nicht mehr da, und jetzt heißt es: Umplanen.

Ich wollte damals unbedingt Chirurg werden. Das war tatsächlich einer meiner allerersten und größten Berufswünsche. Ich finde auch heute noch, dass das ein cooler Beruf ist. Den menschlichen Körper als Maschine zu betrachten finde ich eine total spannende Sache. Was führt man ihm zu? Was tut ihm gut? Wann läuft die Maschine unrund? Wie kann man das reparieren? Der Organismus hat für mich eindeutig etwas von einem Motor: Das hydraulische Herz, die chemischen Reaktionen, die die Energie liefern, die entstehende Wärme und nicht zuletzt die mechanischen Knochen und Gelenke.

Und dann kam der Unfall, und alles war mit einem Schlag anders. Bäm.

Das mit der Chirurgie hatte sich ein für alle Mal erledigt. Ich hätte kein Skalpell mit dem nötigen Feingefühl führen können. Damals konnte ich es nicht einmal festhalten ... Der Unfall hat mich als Jugendlicher brutal verunsichert und ein Stück weit auch desillusioniert. Gedanken an die Zukunft hab ich eine Zeit lang einfach unterdrückt, ich wollte nicht wieder enttäuscht werden. Das war damals kein bewusster Vorgang, aber heute ist das für mich total offensichtlich und auch verständlich – und ich schütze mich mittlerweile heute davor, indem ich keine Pläne formuliere, sondern mich frage, was mir guttut und wie sich das umsetzen lässt. Wenn sich dann unterwegs was anderes ergibt, tut mir eben das gut – und ich ändere den Kurs. Das gilt natürlich auch für den Fall, dass jemand aus meinem Umfeld Hilfe braucht.

Auf jeden Fall habe ich damals erst einmal den Halt verloren. Die Schule war mir noch egaler als vorher, und ich habe tausendundeinen Job gemacht: Flyer verteilt, in der Nachtschicht im Supermarkt Getränke vorgerückt… alles Mögliche. Ich hatte immer einen Job – aber eine Perspektive für mein Leben hatte ich nicht mehr.

Also hab ich direkt angefangen zu arbeiten. Ich wollte nicht nur blöd rumsitzen und auf meine kaputte Hand starren, sondern was *tun*. Zuerst hab ich in dem Betrieb von einem Freund meines Vaters Autos und Motorräder sauber gemacht, dann ging es mit sechzehn in ein Stahlwerk in die Wäsche. Und bevor du fragst: Nein, da ging es nicht um Klamotten, sondern um Stahlwäsche. Stahl muss komplett sauber und fettfrei sein, wenn man es danach galvanisieren will, also mit anderen Metallen überziehen.

Danach habe ich zur Galvanisierung gewechselt. Und an meinem ersten Tag dort ruft mir irgendwer zu: »Ey, mach mal die Galvanisierungskammer sauber!«

Okay, also hab ich mir einen Besen geschnappt und bin in die Kammer getappt. Kaum hatte ich meinen Fuß in das Ding gesetzt, kam der Vorarbeiter angerannt und schrie mich an, ob ich komplett verblödet sei, und rannte sofort wieder aufgeregt davon.

Einen Moment lang war es still, und ich stand da dumm mit meinem Besen rum und guckte aus der Kammer raus. Wie ist der denn drauf?

Ich sah mich um, dachte noch: »Hab ich irgendwo draufgedrückt, und das geht jetzt in die Luft, oder was ist hier los? Evakuieren die jetzt das Werk und lassen mich hier stehen? Wieso rennt der wieder weg?«

Da kam er wieder angestiefelt, mit hochrotem Kopf, diesmal mit einem gelben Plastikkanister, der irgendwie ernst aussah: Voll mit Kleingedrucktem und so kleinen Piktogrammen mit Ausrufezeichen drauf.

Bevor ich gerafft hab, was los ist, zerrte der mich aus der Kammer raus und klatschte mir aus dem Kanister eine dünnflüssige Lösung ins Gesicht. Der hat mir sogar die Augen ausgewaschen, ich schwör dir, so sauber war ich seitdem nie wieder!!

Erst danach hat er mir erzählt, dass man in die Galvanisierungskammer nicht in Jeans und T-Shirt reinrennt, sondern mit einem fucking Schutzanzug! So ein monströses Ding mit Plastiksichtfenster, Handschuhen, Stiefeln – wie bei der Zombie-Apokalypse. Ich nehme mal an, der Typ, der mir zugerufen hat, dass ich die Kammer sauber machen soll, hat mich in den Wochen zuvor schon gesehen und dachte deshalb, ich wüsste das alles. Da lag er aber falsch.

Soweit ich weiß, ist mir nur dank der Zwangswaschung damals nix passiert. Auf eventuelle Langzeitschäden müssen wir aber wohl noch warten.

Na ja, ich hab den Job ziemlich lange gemacht – auch Nachtschichten, obwohl ich glaube, dass ich das in dem Alter noch gar nicht gedurft hätte.

Als ich achtzehn wurde und kurz vor dem Abi stand, hab ich dann parallel bei einer Baustellensicherungsgesellschaft gearbeitet und neue Verkehrsschilder foliert, alte Verkehrsschilder abgezogen, neue Verkehrsschilder gepresst.

Das war dann selbst mir irgendwann zu stupide, sodass ich wieder ins Grübeln gekommen bin. Als Chirurg wollte ich ja Menschen helfen, und das geht doch auch irgendwie anders, man muss ja nicht unbedingt an ihnen herumschnibbeln. Da kam mir die Idee mit der Psychologie, denn Labern und Fragen stellen kann man auch mit drei gefühllosen Fingern.

Also hab ich mich in Berlin für ein Psychologie-Studium beworben und bekam erst einmal mitgeteilt, dass ich mit meinem Abi-Schnitt mindestens drei Semester Wartezeit einplanen müsse.

»Okay«, dachte ich mir. »Dann warte ich eben, such mir so lang eine Wohnung in Berlin-Mitte und arbeite irgendwas Lukratives, damit ich später während des Studiums nicht tagsüber lernen und jede Nacht malochen muss.« Berlin-Mitte war aber damals schon sauteuer, also hab ich mir voll schlau gedacht: »Suchst du dir eben einen saugut bezahlten Job!« Und dreimal darfst du raten, wo man damals als Azubi das meiste Geld verdient hat? Genau, bei einer Bank!

Also hab ich nachgeschaut, welche Banken in Berlin-Mitte Filialen haben, und deren Einstellungstests gegoogelt. Ich hab auch schnell alles gefunden und mir die Antworten zu den Fragen in die Birne gepresst.

Bei einer der Banken zum Beispiel sagt dir Google, dass du wahrscheinlich aufgefordert wirst, einem deiner Mitbewerber ein Fahrrad zu verkaufen. Bei einer anderen Bank musst du eventuell ein Gespräch führen, indem du jemanden feuerst. Ich hab bei allen drei Banken die Tests bestanden und von allen auch eine Zusage bekommen.

Also hab ich mir die nächstgelegene Filiale ausgesucht und da eine Ausbildung angefangen. Zuerst fand ich das alles nicht sonderlich problematisch. Ich bekam ein Pamphlet in die Hand gedrückt, was eine Bank so macht und was meine Aufgabe sein wird, und hab dann in den Prüfungen in der Berufsschule einfach heruntergebibelt, was da so drinstand.

Nach und nach hab ich dann aber doch gewisse Widersprüche entdeckt, die mich echt gestört haben. Eine Bank ist schließlich ein gewinnorientiertes Unternehmen und nicht umsonst börsennotiert. Es gibt also Manager, und es gibt einen Vorstand, und die erwarten alle, dass ihre Angestellten für die *Bank* arbeiten. Nicht für die *Kunden*. Für die Bank. Es geht ausschließlich darum, wie man aus den Kunden noch mehr Kohle rausholt, damit die Bank dann irgendwas damit anstellen kann.

Und so wurde dieser Job dann doch noch ziemlich schwierig für mich. Nicht, weil ich die zu erledigenden Arbeiten sonderlich schwierig fand, ganz im Gegenteil. Das Problem war für mich emotionaler Natur. Ich erinnere mich noch ziemlich gut an den Moment, wo ich gemerkt hab, dass ich hier falsch bin: »Herr Mundt, hier ist das Kundenregister Buchstaben M bis P. Sie telefonieren bitte alle Kunden durch, die älter als siebzig sind, und machen Termine mit den alten Herrschaften.«

Der Grund dafür war, dass den Leuten ein neues Finanzprodukt verkauft werden sollte: Eine Altersvorsorge. Und warum? Na ja, das konnte ich mir bei der Anweisung, nur die älteren Kunden zu kontaktieren, denken. Die Bank setzte wohl darauf, dass die Personen aller Wahrscheinlichkeit nach sterben, bevor die ersten Auszahlungen fällig sind. Das besonders Fiese daran: Das Produkt war nicht vererbbar. Im besten Fall wäre es also 2:0 für die Bank ausgegangen.

Also hab ich mich geweigert und entsprechend Stress dafür gekriegt. Ja, ich wollte Geld verdienen, aber ich wollte auch abends noch in den Spiegel schauen können, ohne mich anspucken zu müssen. Diese Art Schmutz bekommt man nur schwer wieder runter, das hätte keine Seife der Welt aus meinem Gesicht gewaschen – nicht mal die Chemiekeule von dem Vorarbeiter im Stahlwerk.

Und wieder mal war mir ein bisschen klarer geworden, was ich nicht wollte.

Ich bin mir während der Zeit bei der Bank treu geblieben, und kaum hatte die Uni sich gemeldet, dass es losgeht mit dem Studium, hab ich sehr tief durchgeatmet und noch in derselben Sekunde gekündigt. Man entließ mich mit den Worten: »Herr Mundt, Sie haben hier in der Tat nie wirklich reingepasst!«

Das war eins der schönsten Komplimente, die man mir jemals gemacht hat – und ich bin heute noch stolz darauf. Denn ich muss es so drastisch sagen: Bei der Bank habe ich Leute getroffen, die zu einem echt fiesen Menschenschlag gehören. Sorry, not sorry.

Also habe ich angefangen, Psychologie zu studieren. Aber auch dann habe ich nicht wieder damit begonnen, Pläne zu machen. Ich dachte mir nicht vorher: »Okay, nach zehn Jahren hab ich dann meine eigene Praxis, und danach wird geheiratet, dann Hausbau, Kinder, Pension ...« Ich hab einfach mal losgelegt und geschaut, wo es so hingeht. Immerhin bis zum Bachelor.

Heute bin ich da, wo ich bin, und finde das sehr gut. Einem Plan bin ich dabei nicht gefolgt – eher einem Gefühl, das sich aus Interesse, Zufall und Glück speist.

Und das mit der Angst vor Enttäuschungen ist zwar immer noch in mir drin, aber ich gehe jetzt anders damit um. Heute kann ich immerhin eine Idee verfolgen. Und wenn es doch anders kommt, dann wird eben modifiziert oder eine neue Idee formuliert.

Es ist wie bei allen Dingen im Leben: Du erlebst etwas, und es formt dich. Die Summe der Erlebnisse wirkt darauf ein, wie du dich als Mensch entwickelst, und je bewusster du dir dessen bist, desto besser läuft es.

Ich komme heute sehr gut klar mit meiner Beeinträchtigung, und meiner kaputten Hand geht es den Umständen entsprechend gut. Die soll auch gefälligst nicht rumjammern, schließlich ist sie sechzehn Jahre jünger als ich!

#werte

#schmerzgrenzen

#gesetze

#noretro

#fakenews

#merkelandme

#duhastdiewahl

#ditisberlin

#brokendreams

#cybermobbing

#trolle

#nerdom

#anfängerglück

#reisen

#druckreif

#morefuture

SEINE BACHELORARBEIT, mit der Flo das Psychologiestudium abgeschlossen hat, schrieb er über das Thema »Cybermobbing und Prävention«. Seitdem hat sich im Internet vieles getan. Es gibt mehr und mehr Stimmen und Initiativen, die auf die Gefahren hinweisen, und wenn man sucht, findet man auch Hilfsangebote. Auf der anderen Seite nimmt aber die Verflechtung im Netz weiter zu, Inhalte können sich mit rasender Geschwindigkeit verbreiten, oft simultan auf verschiedenen Plattformen.

00:30 / 28:47

Das Thema Cybermobbing treibt dich auch Jahre nach deiner Bachelorarbeit um. Hat sich denn was geändert?

Ehrlich gesagt, treibt es mich heute sogar noch mehr um als früher, weil ich durch meinen Job noch mehr davon mitbekomme. Und das Thema ist nach wie vor krass relevant! Sowohl aus meinen Erfahrungen im Studium, als auch aus Gesprächen mit Experten weiß ich, dass Prävention dabei am wichtigsten ist. Deshalb ist das auch mein größtes Anliegen. Wir müssen ansetzen, *bevor* es ein peinliches Foto ins Netz schafft. Wenn es erst einmal veröffentlicht ist, wird es zehnmal schwieriger.

Das größte Problem ist aus meiner Sicht die Ignoranz vieler Eltern und Lehrer. Die Medienkompetenz in den Familien und vor allem an den Schulen ist ganz allgemein unter aller Sau. Die Bereitschaft der Lehrer, sich auf diesem Gebiet fortzubilden, ist quasi nicht vorhanden.

Hier mal ein original Lehrerzitat: »Wenn du auf Facebook gemobbt wirst, dann geh halt nicht mehr auf Facebook!«

Das ist so empathielos und gleichzeitig so unfassbar inkompetent dahingeblökt, dass es mir die Tränen in die Augen treibt. Ein Hassposting ist ja nicht weg, nur weil du nicht online gehst. Und dann gehst du am nächsten Tag in die Schule und stellst fest, dass der digitale Lebensraum nahtlos in den realen Raum übergegangen ist: Was auf Facebook oder sonst wo im Internet passiert, spielt plötzlich eine Rolle auf dem Schulhof. Das Internet ist da. Um uns herum. Es ist allgegenwärtig – online und offline.

Und darum ist das Thema ein fucking Erziehungsauftrag! Das muss zu Hause und in der Schule regelmäßig behandelt werden! So wie früher »*Mimi darf Max nicht hauen*« in der Lesefibel stand, muss da irgendwann stehen: »*Mimi darf keine Nacktfotos von Max posten.*« Medienkompetenz muss an den Schulen genauso selbstverständlich werden wie die Fahrradprüfung in der dritten Klasse.

Wenn Lehrer sich damit nicht befassen wollen, dann muss man sie dazu zwingen. Und wenn im Schulbetrieb dafür keine Zeit vorgesehen ist, dann muss man die freiräumen. Medienkompetenztraining ist keine freiwillige Nummer – weder für Lehrer noch für Schüler.

Soziale Netzwerke sind elementarer Bestandteil des gesellschaftlichen Lebens eines Jugendlichen. Und Schüler suchen sich heute nicht mehr aus, ob sie in sozialen Netzwerken stattfinden möchten. Sie finden dort auch statt, wenn sie keinen Account haben. Natürlich sind die Eltern hier genauso gefordert. Aber Schule und Elternhaus dürfen diese Aufgabe nicht aufeinander abwälzen – das muss ineinandergreifen. Wir müssen den Kindern früh vermitteln: Wenn du einer Person etwas nicht ins Gesicht sagen willst oder kannst, *dann schreib es auch nicht ins Netz.*

Und allen muss klar sein, dass sich ein abfälliges Posting oder ein fieser Kommentar im Netz in einem Punkt von einer normalen Beleidigung unterscheidet: Im Schulhof hören es zehn Leute, die dabeistehen. Das ist schlimm genug. Aber im Web lesen viele mit. Es kann geteilt werden, die Wirkung potenziert sich.

Um Medienkompetenz zu schulen, braucht es zum einen die Bereitschaft aller Beteiligten – und Geld. Gute Schulungskonzepte für Eltern, Lehrer und Schüler gibt es genug, auch ich habe während meines Praktikums damals eines mit entwickelt. Unser Fokus lag damals darauf, den Teenies zu erklären, worin beim Cybermobbing der Unterschied zwischen »ich schreib mal was Fieses« und »ich sag das der Person ins Gesicht« besteht. Wir verwendeten teilweise sogar echte Texte von Tätern und Opfern, die sich dann in der Klasse gegenüberstanden. Unfassbar, was das für Reaktionen ausgelöst hat. Da sind regelmäßig Tränen geflossen, denn den Schülern wurde klar, das ist nicht mein Feind, sondern eine Person, die da vor mir steht und leidet. Egal, ob real oder virtuell – es sollte immer um den Menschen gehen.

Die Bereitschaft der Schüler war also groß – nur fehlte es an finanziellen Mitteln, um das Konzept in angemessenem Maße umzusetzen. Und seitens der Schulen und Lehrer fehlte es leider auch an Interesse. Das war vor allem deswegen so frustrierend, weil wir wirklich gemerkt haben, dass wir damit einen Effekt erzielen. Sehr, sehr schade.

Daher nutze ich auch heute meine Reichweite, um bei Kampagnen mitzumachen. Und nicht nur ich, auch andere YouTuber tun das immer und immer wieder. Denn wir sehen ja immer wieder, wie wichtig es ist, darauf hinzuweisen, welche Gefahren da lauern und wie schnell es zur Eskalation kommen kann.

Kampagnen auf Bundesebene funktionieren zum Beispiel immer erst einmal ganz gut. Da sind dann einige Social Influencer dabei, dadurch werden die Inhalte gut verbreitet, es findet auch ein angemessenes Echo in den Medien statt, und ... das war's dann wieder. Tage danach ist das wieder vergessen. Ich sage nicht, dass man es auch gleich bleiben lassen kann – ich bin ja auch immer wieder dabei. Aber letztlich sind solche Aktionen ein Tropfen auf den heißen Stein.

Das Thema muss viel früher angepackt werden, und es muss vor allem dauerhaft präsent sein. Nicht nur kurz durch eine Kampagne. Medienkompetenz und Informatik gehören als Pflichtunterricht in die Schulen ab Klassenstufe 4 für alle Schulformen, in allen Bundesländern.

Du darfst mich aber nicht fragen, mit welchem Lehrpersonal das umgesetzt werden soll, denn die, die ich damals an den von uns besuchten Berliner Schulen getroffen habe, waren absolut ungeeignet dafür. Die kamen am Anfang immer an, klopften uns auf die Schulter und sagten: »Is ja doll, was ihr da macht. Echt, ganz doll.« Und dann sind sie rausgegangen oder haben sich in eine Ecke gesetzt. Die fanden es nur deswegen »doll, ganz doll«, weil sie sich nicht damit beschäftigen mussten. Ganz so, als wäre dieses Internetz ja nur was für die Kinder, denen endlich mal wer sagt, wie furchtbar das alles ist.

Immer wenn wir die Lehrer dann darauf angesprochen haben, ob sie sich nicht vielleicht beteiligen wollen, kam der Standardspruch zurück: »Ach, ich schaffe es ja gerade so, den Computer einzuschalten.«

Boah, wie oft hab ich das schon gehört! Jeder, der diesen Spruch in einem solchen Zusammenhang bringt, kokettiert damit nicht nur mit seiner Inkompetenz – er demonstriert auch ein gigantisches Desinteresse an den Kindern und ihrer Lebenswelt. »Was? Medienkompetenztraining? Also da hab ich keine Zeit für, und jetzt ist auch mal gut…« Immerhin hat der ein oder andere Lehrer gesagt: »Na ja, das müsste in den Lehrplan. Sonst kriegen wir das ja nicht unter.« Und da stimme ich voll und ganz zu.

Wenn es wenigstens im Rahmen vom Nachmittagsunterricht stattfände, als freiwillige Veranstaltung für Eltern, Lehrer und Schüler – das wär schon mal was. Das könnten vielleicht Vereine leisten, oder auch Praktikanten und Referendare, die jünger sind und dann aller Wahrscheinlichkeit nach internetaffiner. Denn das müssen unbedingt Leute sein, die eine Ahnung davon und ein

Gefühl dafür haben. Das ist nichts, was man als Folie an die Wand klatscht und stupide abschreiben lässt.

Wenn die Fahrradprüfung gemacht wird, kommt ja auch die Polizei und führt das durch. Und wenn ein Kind dann eine Frage hat, dann kann der Polizist das auch glaubhaft beantworten. Beim Thema Internet ist das mindestens genauso wichtig. Denn die Kinder wissen ja heute schon viel mehr darüber als die Lehrer und die Eltern. Ihnen geht nur das Bewusstsein für die Gefahren ab.

Aber bis diese Art der Prävention Standard ist, wird es wohl noch dauern. Vielleicht passiert endlich was, wenn die nächste Generation von Lehrern in den Schulen steht.

Du kannst jetzt auf jeden Fall mit diesem Buch Leute erreichen …

Ja, das stimmt. Okay, Infodump incoming – aber nicht drüberblättern, wir fragen danach ab!

Also, was ich einem Opfer von Cybermobbing raten würde, ist: Teile dich mit! Erzähl es anderen, friss das nicht in dich hinein, und versuch nicht, es alleine zu bewältigen. Berichte deinen Eltern, Geschwistern, Freunden und Lehrern davon. Erstens ist es immer angenehmer, wenn man nicht alleine ist. Und zweitens können die Erwachsenen überprüfen, ob man vielleicht sogar schon die Polizei einschalten muss.

Denn was viele nicht wissen: Es gibt seit 2018 in einigen Bundesländern sogenannte *Internetwachen*, die nach und nach überall eingerichtet werden sollen. In diesen virtuellen Polizeidienststellen, kann man Strafanzeige stellen, daraus wird ein Aktenzeichen, und die zuständige Polizeibehörde bekommt das dann sofort auf den Tisch. Gerade für Cybermobbing ist das sehr hilfreich, weil es direkt schriftlich vorliegt und man da keine Minute Zeit verlieren sollte. Aber Achtung, das ist kein Ersatz für den Notruf 110.

Ich selbst bin während meiner Schulzeit zum Glück von Cybermobbing verschont geblieben, aber ich weiß, wie schnell man in die Opferrolle rutscht. Das muss nicht unbedingt was damit zu tun haben, dass man irgendwie auffällig oder besonders auffällig unauffällig ist.

Stell dir vor, du bist vierzehn Jahre alt, jemand macht von dir ein unvorteilhaftes Foto im Schwimmbad und postet es. Da reicht es schon, wenn das nur drei Leute sehen und darunter einen »Daumen hoch« oder ein lachendes Emoji posten, und schon fühlst du dich als Opfer.

Und was machen die meisten Betroffenen? Sie stellen sich entweder tot, oder kommentieren darunter, was dem ganzen Mist nur noch mehr Aufmerksamkeit und Verbreitung bringt. Beides ist nicht der richtige Weg. Du kannst es *jetzt* löschen lassen, bevor es eine Eigendynamik bekommt. Außer du bist zu jung, dann solltest du eine erwachsene Person deines Vertrauens um Hilfe bitten. Und die Erwachsenen mögen dann bitte auch die betreffenden Stellen bei der Polizei und in den Schulen kontaktieren und nicht abwinken »Jaja, das Internet, jetzt siehst du mal, wie schlimm das ist.« Es ist nie gut, wenn man Kinder oder Jugendliche mit ihren Problemen alleinelässt. Klar können sie bestimmte Dinge auch untereinander lösen, aber erstens ist es nie falsch, Hilfe anzubieten, und zweitens ist Cybermobbing nicht zu vergleichen mit einem Streit auf dem Pausenhof.

Zum Beispiel ein Elternteil oder ein Vertrauenslehrer muss der Person, die das gepostet hat, *jetzt* sehr deutlich sagen, dass sie damit jemanden verletzt – und zwar so, dass die Botschaft auch wirklich ankommt. Damit meine ich nicht, dass man mit irgendeiner krassen Strafe droht – es muss *emotional* ankommen. Denn sonst bleibt das Bild auf dem Smartphone und landet dann über Umwege mit einem anonymen Usernamen plötzlich bei Instagram. Derjenige, der das Bild geschossen hat, muss Empathie dafür entwickeln, dass das, was er da gemacht hat, für einen anderen Menschen verletzend ist.

Mitgefühl zu entwickeln ist aber nur ein Aspekt. Denn bei obigem Beispiel gibt es eine klare Aufteilung zwischen Täter und Opfer, und es sind nur diese zwei Personen beteiligt. Einer macht das Foto und postet es, der andere leidet darunter. So weit, so klar.

Viel komplexer wird es aber, wenn das Foto eigentlich erst einmal gar nix mit dir zu tun hatte. Es kommt oft genug vor, dass jemand ein Selfie macht und zu Hause feststellt, dass sich hinter ihm gerade jemand ungelenk aus dem T-Shirt schält oder beim Essen ein saudummes Gesicht macht. Der oder die andere war einfach nur zur falschen Zeit am falschen Ort und hat gerade irgendwas getan, was jetzt auf dem Bild wenig schmeichelhaft oder von mir aus auch saublöd aussieht.

Es kann auch passieren, dass man tagelang nichts davon mitbekommt, dass da gerade auf irgendeiner Social-Media-Plattform, die man selbst gar nicht nutzt, ein Foto viral geht.

Und plötzlich zeigt einem eine Freundin ein Bild, auf dem im Vordergrund jemand in die Kamera grinst. Und im Hintergrund erkennt man sich selbst, wie man sich gerade nach irgendwas bückt und dabei die linke Brust aus dem Trägertop rutscht. Das Foto hat Tausende Likes und wird immer noch ohne Ende geshared – inklusive unzähliger beleidigender Kommentare über dein Gewicht, deine Figur und die Form deiner Brüste.

Spinnen wir das noch ein bisschen weiter: Das Originalfoto hat irgendein Tourist aus den USA gemacht und hochgeladen. Jemand anderes hat einen im Hintergrund entdeckt, von dem Foto einen Screenshot gemacht, die blanke Brust mit einem roten Kreis markiert und das Foto neu hochgeladen. Es ist verdammt schwer bis unmöglich, rauszufinden, von wem das Originalposting stammt. Und selbst wenn man die Person findet und die das Bild sofort löscht, ist die Kopie und die Kopie von der Kopie immer noch im WWW unterwegs.

Man kann dann bei Google beantragen, dass Bilder aus den

Suchergebnissen gelöscht werden. Damit verschwindet es aber nicht von den Social-Media-Diensten. Also muss man die alle kontaktieren, das Bild in der jeweiligen Anwendung entsprechend markieren, und das am besten viele, viele Male.

Es gibt in Deutschland das sogenannte *Recht auf informationelle Selbstbestimmung*, das im Wesentlichen besagt, dass jeder *selbst über die Preisgabe und Verwendung seiner* personenbezogenen Daten *bestimmt*. Darauf kann man sich berufen, und solange es nicht kollidiert mit dem Recht auf Berichterstattung oder Ähnlichem, gibt es da auch keine große Diskussion: Wenn eine Privatperson gerne möchte, dass ein Bild von ihr entfernt beziehungsweise gelöscht wird, dann muss das auch gemacht werden.

Aber was ist mit einem Bild, das in England hochgeladen, in Luxemburg von einem Server gezogen und von einem australischen User über einen amerikanischen Social-Media-Dienst verbreitet wurde?

Das Thema ist so wichtig wie komplex. Denn wenn etwas erst einmal im Netz gelandet ist, wird es schnell furchtbar schwierig, es wieder zu entfernen. Also sage ich: Man muss vorher ansetzen. Leute, wenn ihr Bilder postet, schaut sie euch vorher genau an. Man muss wissen, was man tun kann und was man besser sein lässt.

Problematisch ist natürlich auch, dass viele nicht mit ihren Daten umgehen können – auch das gehört meiner Meinung nach besser geschult, nicht nur bei den Kids, sondern auch bei den Älteren. Wenn ich mir anschaue, wie viele Eltern täglich Fotos ihrer Kleinkinder posten, die dann für immer im Netz bleiben und in weiß Gott was für Hände gelangen, dann wird mir ganz schlecht.

Andere Medien könnten hier einen wichtigen Beitrag bei der Aufklärung zu diesem Thema leisten, aber sie reagieren nach wie vor nur dann, wenn es schlagzeilentauglich ist. Es ist schade, dass dem Thema immer nur dann Aufmerksamkeit geschenkt wird, wenn etwas Schreckliches passiert – wenn es mal wieder zu spät ist.

Was zum Beispiel vielen Leuten im Gedächtnis geblieben ist, ist das Schicksal eines Jungen namens Joël, der gemobbt und auf Facebook als »Homo« bezeichnet wurde und der sich dann, offenbar im Affekt, vor den Zug geworfen hat. Nach seinem Selbstmord, der 2011 in seiner Heimat Österreich aber auch in Deutschland durch alle Medien ging, gab es an seiner Schule plötzlich Workshops zum Thema Mobbing und andere Solidaritätsaktionen. Die Mutter des Jungen sagte damals sinngemäß, dass durch die große Aufmerksamkeit und die damit einhergehenden Hinweise auf die Gefahren von Facebook und Co. der sinnlose Tod ihres dreizehnjährigen Kindes »ein bisschen sinnvoll gemacht« wurde.

Oder Amanda Todd, die keiner vergessen wird, der ihren Clip auf YouTube gesehen hat. Im Jahr 2012 veröffentlichte das Mädchen ein stummes, Schwarz-Weiß-Video, auf dem ihr Gesicht oben angeschnitten ist, man kann es nicht erkennen. Sie hält handgeschriebene Zettel in die Kamera, auf denen sie ihre Geschichte erzählt.

In der siebten Klasse hatte sie bei einem Videochat den Fehler gemacht, ihr Oberteil vor der Kamera kurz auszuziehen. Der Typ, mit dem sie damals chattete, erpresste sie danach mit einem Screenshot des Videos und zwang sie, noch andere Dinge für ihn zu tun. Schließlich landete das Bild von ihren Brüsten im Netz. Das Ganze wurde für das Mädchen und die Familie so furchtbar, dass sie in eine andere Stadt umziehen mussten.

Dann tauchte plötzlich ein Facebook-Account auf, auf dem das Foto als Profilbild zu sehen war, und irgendwer machte Amandas neue Mitschüler gezielt darauf aufmerksam. Sie wechselte die Schule noch einmal, wurde dort wegen einer Eifersuchtsgeschichte zusammengeschlagen – und beging danach einen Selbstmordversuch.

Die Familie zog wieder um, Amanda bekam Antidepressiva verschrieben, ritzte sich, und der Wahnsinn um das Foto ging einfach immer weiter.

Schließlich drehte sie das oben erwähnte Video, postete es und nahm sich danach das Leben.

Die Medien haben sich natürlich draufgestürzt, es gab viele rührende Reaktionen auf YouTube, Beileidsvideos, Songs und alles Mögliche. Die ältere Generation empörte sich mal wieder über Facebook und das böse Internet, aber wirklich geändert hat sich für Kinder wie Amanda oder Joël leider nichts.

Unsere Generation wird die erste sein, die endlich etwas dagegen tun wird. Hoffe ich.

#werte

#schmerzgrenzen

#gesetze

#noretro

#fakenews

#merkelandme

#duhastdiewahl

#ditisberlin

#brokendreams

#cybermobbing

#trolle

#nerdom

#anfängerglück

#reisen

#druckreif

#morefuture

ALS LEFLOIDS YouTube-Kanal »LeNews« an Reichweite gewann, entwickelte sich parallel dazu das Troll-Phänomen zu einem ausgewachsenen Online-problem. Wo früher höchstens mal ein wütender Leserbrief kam, wird nun anonym gemeckert, gemotzt und beschimpft oder unter multiplen Nutzerprofilen oder Decknamen Debatten aufgeblasen und Shitstorms angezettelt. Spätestens seit dem Facebook-Skandal um Cambridge Analytica, bot-verwaltete Fake-Accounts von AfD und Co. sowie Putins Trollfabriken ist klar, dass man analog zu Fake News auch aus sozialen Medien ein Werkzeug zur Beeinflussung von Menschen, Wahlen und der Stabilität von Ländern und Regierungen basteln kann.

»Sie haben einen Höhlentroll«, sagt Gandalf in »Der Herr der Ringe«. Damals war es nur einer …

… und inzwischen kann man sie gar nicht mehr zählen, ja. Ich habe das Entstehen des Phänomens natürlich hautnah miterlebt, beruflich wie privat. Als ich mit YouTube angefangen habe, war das noch ein relativ friedlicher Raum. Die Zuschauer hatten Respekt für den kreativen Schaffenden übrig, man bekam positives Feedback oder konstruktive Kritik. Überall wuchsen Blümchen, Einhörner tanzten über die Wiesen, und niedliche Hasen winkten aus den Fenstern gnubbeliger Häuschen. Schön war's!

Aber das Ganze wurde verdammt schnell immer größer. Immer mehr User suchten und fanden YouTube, und die Zahl der Creators wuchs. Die Views stiegen, und täglich entstanden unzählige neue Kanäle.

Der Erfolg und das damals in seiner Form einzigartige und in seiner Gesamtheit attraktive Angebot an Clips lockte immer mehr Menschen an, die YouTube nicht als soziales Netzwerk nutzten und stattdessen nur vorbeikamen, um sich die Clips anzusehen.

Der Unterschied ist in dem Zusammenhang wichtig, aber nicht so leicht zu vermitteln: Vorher bestand YouTube vorrangig aus Leuten, die irgendwie für das Medium und füreinander Interesse hatten. Darum war der Tonfall im Allgemeinen freundlich und konstruktiv. Man verstand sich als eine Community und war einander ganz grundsätzlich erst einmal positiv gesinnt.

Erst mit der »Invasion der Konsumenten« ging es so richtig los mit den bösartigen, hämischen und einfach nur noch dummen Kommentaren. Auf der einen Seite haben die Konsumenten es uns allen erst ermöglicht, dass aus unseren Clips mehr wurde als ein Hobby. Andererseits wurde YouTube dadurch auch zu einem weniger schönen Ort.

Und dann kamen die Trolle …

… und mit ihnen kam diese seltsame »Anspruchshaltung«: Die Leute bekamen unsere Videos ja umsonst präsentiert und niemand zwang sie, unser Zeug anzusehen. Viele nahmen sich aber trotzdem heraus, uns in unverschämtem und forderndem Tonfall wegen unserer Inhalte unseres Aussehens oder einfach nur so anzugehen.

Der Schutz der Anonymität hat sie alle Hemmungen verlieren lassen. Anders als bei der Arbeit oder auf dem Schulhof gab es als Reaktion auf Anfeindungen und Beleidigungen keinerlei Konsequenzen zu befürchten. Das »Schlimmste«, was passieren konnte, war ein YouTuber, der sie mit Aufmerksamkeit beschenkt, und das ist für Trolle ja das Geilste überhaupt.

In der Realität würde sich kein Teenie vor mich stellen und mich aufs Übelste beleidigen, mich und meine Familie bedrohen … aber als anonymer *fuckmasterXXXL* in einem Kommentar unter meinem Clip ist das natürlich gar kein Problem.

Denn wenn wir mal absehen von den bezahlten Trollen und den überzeugten Nazis, die meinen, dass sie »das Volk« retten, dann sind das meistens ganz arme Würstchen, die sich durch ihre Haterkommentare das bisschen Selbstgeilfinden holen, was sie im wahren Leben sonst nicht an Anerkennung bekommen.

Ich selbst hab ja echt gute Abwehrmechanismen. Die hatte ich schon immer. Sonst hätte mich auch nach drei Jahren YouTube jeder Haterkommentar in den Wahnsinn getrieben. Das war aber nie der Fall. Im Gegenteil, ich wurde immer dickfelliger.

Nur bei Angriffen auf Freunde und Familie konnte ich lange nicht an mich halten. Heute weiß ich, dass auch das eben leeres und dummes Gequatsche irgendwelcher Teenies ist, die sich hinter ihrem Pseudonym am Rechner zu Hause ganz besonders stark fühlen. Einmal hat mir in der U-Bahn einer hinterhergerufen. »Ey, LeFloid, du verkacktes Arschloch!« Natürlich hat er ganz schnell weggeschaut, damit ich nicht raffe, woher das kam. Es ging ihm ja nicht darum, mir seine Meinung mitzuteilen – er wollte nur vor seinen Kumpels cool dastehen. Allerdings hatte ich ihn aus dem Augenwinkel sehr wohl gesehen, und da dachte ich mir: »Mit dem red ich jetzt mal.«

Also bin ich ihm nachgelaufen, ohne dass er es bemerkt hat. Raus aus der U-Bahn, rein in ein Einkaufszentrum, bis runter zum Foodcourt. Da saß er dann mit seinen Kumpels und wollte gerade in einen Döner beißen, als ich mich plötzlich neben ihn gesetzt hab. Der Typ wär fast an seiner Joghurtsoße erstickt, hat erst mal eine Minute lang episch gehustet und mich dabei mit aufgerissenen Augen angestarrt. Ich hab so lange gewartet, bis er fertig war und dann ganz freundlich gefragt: »Kannst du mir erklären, warum du findest, dass ich ein verkacktes Arschloch bin?«

Na ja, das konnte er jetzt nicht so wirklich, wer hätt's gedacht. Im Endeffekt hat er zugegeben, dass er mich einfach nur erkannt hatte und irgendwas »Cooles« tun wollte. Kaum saß ich vor ihm, hat sich die Coolness schon mal auf den Weg nach Hause gemacht und unter der Bettdecke verkrochen. Wir haben dann ein bisschen drüber geredet, und er hat sich sehr nett entschuldigt.

Dann fiel mir auf, dass es kaum mehr konstruktive Kritik und positives Feedback gab. Das war verschüttet unter einem riesigen Haufen von polemischem Gemecker, einsilbigen Beschimpfungen und dummem Geblubber, das nur dazu gepostet wurde, damit etwas gepostet ist. Das Niveau der Kommentarspalten war eine ganze Zeit lang wirklich unterirdisch.

Als ich diese Veränderung irgendwann auch in Worte fassen konnte, habe ich ein Video dazu gemacht und erklärt, was da so abgeht und wie das bei mir ankommt. Und ab diesem Zeitpunkt hat sich dann auch tatsächlich was geändert. Wenn Leute in den Kommentaren sinnlos getrollt und beleidigt haben, haben jetzt auch andere was dazu gesagt. Und das ist auch der Grund, warum ich das Netz nach wie vor für einen der tollsten Orte der Welt halte: Wo sonst kann man live beobachten, wie sich anfängliche Anarchie selbst reguliert und sich irgendwann alle gegenseitig zur Ordnung rufen!

Trotzdem ist es natürlich ärgerlich, dass die Scheißefinder insgesamt viel lauter sind als die netten Leute. Das hatten wir ja auch schon beim Thema Nazideppen, Pegida und Co. Da ist der Inhalt nicht nur beleidigend, sondern vor allem rassistische Kackscheiße. Viele Medien verstärken das auch noch, entweder, weil sie auf die Masche reinfallen oder weil sie die Berichterstattung nicht nur den Rechten überlassen wollen, was aber zu oft nach hinten losgeht. Die restlichen Politiker echauffieren sich dann ebenfalls wortreich – bis auch wirklich jeder in Deutschland den geistigen Dünnschiss der Rechten mitbekommen hat.

Auch beim typischen Troll funktioniert das, was man in der

Soziologie »Aufmerksamkeitsökonomie« nennt, nach einem ähnlichen Prinzip: Der einsame Troll sitzt zu Hause vor dem Rechner und wischt sich ab und zu den Käse auf dem Unterhemd mit dem nächsten Stück Pizza ab. Jedes Mal, wenn er eine seiner Stänkereien absondert, fällt das viel mehr auf als die Beiträge anderer Kommentatoren. Jeder, der irgendwas Kreatives macht, kennt den Effekt: Du liest zwanzig nette Kritiken, und dann kommt mittendrin ein »Alder, was laberst du wieder linksgrünversifften Scheiß, klar sind ja alles Facharbeiter die da zu uns kommen lol!!!!! Informier dich mal und lern sprechen ohne ADHS!!!!!« So ein Kommentar sticht natürlich raus und bleibt erst einmal länger im Kopf als die vielen positiven Beiträge.

Schade ist natürlich, dass durch das Gemecker und Gehate viele Experimente oder Veränderungen, die auf YouTube eigentlich stattfinden könnten, schon im Keim erstickt werden. Filme werden aufgrund des Trailers sofort niedergehated, angehende Musiker werden brutal gedisst, ein eigentlich supertalentierter junger Comedian wird als »fette unlustige Sau« beschimpft und löscht desillusioniert seinen Kanal – so was ist wirklich sehr schade, und ich kann nur hoffen, dass sich da mittelfristig was ändert.

Es gibt bereits Ideen, die in die richtige Richtung gehen. Zum einen von den Social-Media-Diensten selbst, die so langsam begreifen, was ihnen da gerade durch die Arschlochhaftigkeit Dritter an Invest zerstört wird. Überall werden gerade Mechanismen und Algorithmen entwickelt, die Trollkacke erkennen und zum Beispiel Löschungen oder Meldungen automatisiert anbieten. So richtig funktioniert das noch nicht, wie schon mal gesagt, braucht's dafür eher Menschen als noch mehr Bots und Co. Aber immerhin wird reagiert und entwickelt.

Auch von Usern gibt es inzwischen coole Initiativen wie #ichbinhier. Das ist ein eingetragener Verein, der sich in Facebookgruppen organisiert, und immer, wenn es in irgendwelchen Kommentarspalten hoch hergeht und die Hate Speech fröhliche Urständ feiert, posten die einen Link in ihrer Gruppe. Dann kommentieren die Gruppenmitglieder ganz gezielt in vernünftigem, sachlichem Tonfall, teilen Links mit Fakten und setzen sich so für eine respektvolle Gesprächskultur auf beiden Seiten ein. Dafür bekamen sie 2017 auch den Grimme Online Award.

Dass wir so was wie #ichbinhier überhaupt brauchen, zeigt recht eindrucksvoll, dass da noch eine Menge passieren muss – sowohl bei YouTube, Google, Facebook, Twitter und Kollegen als auch in den Köpfen der Menschen.

EIN AFOL IST ein Adult Fan of Lego, zu Deutsch ELF Erwachsener Lego-Fan. Während man Eltern und Großeltern früherer Generationen hochstens mal beim »Mensch ärger dich nicht« antraf, zocken heute immer mehr Erwachsene Computerspiele, bauen Lego oder sammeln Comics. Die Gamescom lockte 2017 dreihundertfünfzigtausend Besucher aus aller Welt nach Köln, und auf der Role Play Convention am gleichen Ort dreht sich jährlich für dreißigtausend Menschen alles um Rollenspiel, Live Action Role Play (LARP), Cosplay, Videogames, Laser Tag, Dartblaster Duelle und – natürlich – Lego.

00:20 / 28:47

Es wird so viel gespielt wie nie. Werden Erwachsene immer kindlicher – oder werden sie nur normaler?

Ich bin einerseits Vater von Zwillingen und habe mir andererseits gerade zwei Star Wars-Tattoos stechen lassen. Damit bin ich, glaube ich zumindest, ein ziemlich typischer Vertreter meiner Generation.

Die Frage könnte also auch lauten: Ab wann ist man wirklich erwachsen?

Ich habe ja das große Glück, dass ich mich schon von Berufs wegen mit Games, Unterhaltung und Rollenspiel beschäftigen darf. Ich habe also einen ganz anderen Zugang zu bestimmten Inhalten, der nichts mit meinem Alter zu tun hat. Meine Eltern hatten nie irgendwas mit Videospielen am Hut. In der Kindheit meiner Eltern gab es viele der ausgereiften Technologien noch nicht, mit denen wir heute spielen, und viele Dinge wurden bald als Kinderkram abgetan. Einzige Ausnahme scheint wohl die elektrische Eisenbahn zu sein, warum auch immer.

Für mich gehört zum Erwachsensein eindeutig dazu, dass man das Kind, das man mal war, nicht vergisst. Nur so kapiert man, welch große Verantwortung man für die Gemeinschaft hat, wenn man plötzlich zu denen gehört, die fürs Steuernzahlen, fürs Rückwärtseinparken, fürs Gemüse kochen, fürs Wohnung putzen und Arbeiten gehen verantwortlich sind. Also kurzum, fürs Dinge tun, die nicht immer witzig sind, aber dafür wichtig.

Verantwortung ist so ein Ding, das nehme ich sehr ernst. Es ist mir beispielsweise wichtig, dass meine Frau und ich für unsere Familie sorgen können. Ich möchte halbwegs abgesichert sein, bevor ich mich dazu entscheide, Kinder in die Welt zu setzen.

Genauso wichtig finde ich es aber auch, dass ich mich vor lauter Verantwortung nicht selbst aufgebe oder verliere.

Man darf weiterhin Spaß haben, man darf weiterhin zum Laser-Tag gehen. Man muss sich nur besser absprechen. Man darf weiterhin sein Legozimmer einrichten, und natürlich darf man auch sein Star Wars Poster aufhängen. Ich würde sogar sagen: Man muss so was manchmal tun, damit all das Verantwortungszeugs erträglich bleibt.

Ein Freund von mir ist Mitte dreißig und ein großer Anime-Fan, und ich denke mal, er wird das auch in vierzig Jahren noch sein.

Das findet heute niemand mehr bizarr. Und unsere Generation muss nicht mehr in den Krieg, hat keinen Mauerbau oder -fall zu verdauen und lebt auch sonst in ziemlicher Freiheit. Wir können es uns also heute viel eher »erlauben«, bestimmte kindliche Eigenarten zu bewahren – und sollten das mit Freuden tun! Und ich schwöre dir, dass die, die dich belächeln, weil du als Erwachsener Lego baust, sich insgeheim denken: Verdammt, ich hätt' auch mal wieder Bock drauf.

Was steht denn außer Rückwärtseinparken können und sich den Spieltrieb bewahren sonst noch so auf deiner Checkliste fürs Erwachsensein?

Also, Volljährigkeit allein ist es schon mal nicht. Ich selbst war mit achtzehn Jahren nicht »erwachsen«. Heute würde ich behaupten, ich war in dem Alter nicht einmal lebensfähig.

Ich kann gar nicht genau sagen, ab wann ich tatsächlich erwachsen war oder wann ich es denn endlich mal komplett sein werde. Man muss mir zum Beispiel heute noch helfen mit irgendwelchen Scheißbehördengängen, das krieg ich einfach nicht gebacken. Schon alleine die Bezeichnung »Scheißbehördengänge« ist ja jetzt nicht die allererwachsenste Ausdrucksform. Allerdings könnte ich jetzt natürlich extrem clever hinzufügen, dass zum Erwachsenwerden auch gehört, zu akzeptieren, dass man nicht alles alleine schafft.

Verantwortung übernehmen für sich und andere. Ich glaube, das ist das A und O – und somit wär das wahrscheinlich die kürzeste Checkliste der Welt.

Zum Thema Verantwortung gehört für mich aber auch, dass ich meine Finanzen im Griff habe und an dieser Front keine Scheiße baue.

Ich hatte in meinem Leben immer Jobs, hab immer mein eigenes Geld verdient, wollte immer finanziell unabhängig sein. So hab ich das von meinen Eltern gelernt, und das fühlt sich für mich auch bis heute richtig an.

Darum fand ich das auch schon während meiner Lehre bei der Bank so krass fahrlässig, wie überall mit Null-Prozent-Finanzierungen geworben wird, die einen im Grunde ganz fies in eine Falle locken: »Hey, kauf dir das, auch wenn du es dir never ever leisten kannst!«

Meine Meinung dazu ist super konservativ: Was du dir nicht leisten kannst, kannst du dir nicht kaufen. Fertig. Also sieh zu, dass du das Geld zusammenbekommst, und kaufs dir dann. Nicht vorher.

Ich finde, das gehört auch zum Erwachsenwerden. Ich hab bis heute keinen Dispo. Nicht einmal 500 Euro. Hatte ich noch nie. Wenn ich mir ein Auto kaufen muss, dann kaufe ich das nur, wenn ich auch das Geld dafür habe. In diesem Punkt bin ich gerne die erwachsene Spaßbremse und zocke dann lieber eine Runde Mario Kart.

#werte

#schmerzgrenzen

#gesetze

#noretro

#fakenews

#merkelandme

#duhastdiewahl

#ditisberlin

#brokendreams

#cybermobbing

#trolle

#nerdom

#anfängerglück

#reisen

#druckreif

#morefuture

DAS BUCH EINES YouTubers und Gamers kommt natürlich nicht ohne einen Rückblick auf die Hard- und Software aus, die ihn maßgeblich geprägt hat. Wer diese Hingabe für beige Diskettenfresser und pixelige Ur-Games nicht teilt, möge das Kapitel trotzdem wenigstens querlesen, denn die Tools und Innovationen gehören ebenso sehr zu Florian Mundt wie sein Alter Ego LeFloid.

00:30 / 28:47

Was war das Erste, was du auf dem Commodore geschafft hast?

Ne Scheiß-Datasette reinstecken und booten. Das war schon geil. Mein Vater hatte in den frühen Neunzigern so ein Ding, und ich wusste, damit geht irgendwas, hab aber nicht gewusst, wie und was eigentlich.

Und als der C64 dann hochgefahren war und unter dem READY ein blinkendes Viereck auf meine Befehlseingabe wartete, wusste ich erst einmal gar nicht, was ich jetzt tun sollte. Erst da wurde mir klar: Verdammt, das ist ja gar kein Spiel!!

Mit ein bisschen Ausprobieren und Hilfe habe ich dann aber relativ schnell kapiert, wie das lief, und war dann natürlich auch einer von denen, die seitenweise Zahlenkolonnen abgetippt haben, um nach vielen Stunden zuschauen zu können, wie der eigene Name von links nach rechts durch das Bild läuft. Epic!

Neben C64 und Amiga kamen dann ab 1983 schon die Konsolen, das Nintendo Entertainment System, kurz NES, in Japan vermarktet als FAMICOM, was eine Abkürzung ist für »Family Computer«. Sega legte daraufhin erst das Master System, dann den Mega Drive nach: Jeder Kumpel hatte irgendwas anderes, und wir haben viel zusammen gezockt. Den einsamen Nerd, der allein zu Hause vor der Glotze hockt und von der Röhre Sonnenbrand auf der Stirn bekommt, gab es damals noch nicht. Den Sonnenbrand hatten wir, wenn überhaupt, dann mindestens zu zweit.

Daher haben wir uns natürlich auch früh abgesprochen, wer sich welches System und welches Game zu Weihnachten wünscht. Tatsächlich waren wir da so sehr solidarisch untereinander und gleichzeitig natürlich auch heiß auf die neuen Konsolen und Games, deswegen hat es richtig gut geklappt. In jedem Hausaufgang unseres Wohnblocks gab es mindestens eine der aktuellen Konsolen, und zusammen hatten wir auch alle wichtigen Spiele.

Ich weiß noch sehr gut, dass mich 1997 Final Fantasy VII so gar nicht loslassen wollte. Da stand die Memorycard meiner Playstation irgendwann bei 99:59:59! Das Ding hatte längst aufgehört zu zählen, und ich war immer noch am Zocken.

Allerdings trauere ich bis heute wie kein Zweiter der »Dreamcast« hinterher. Das war damals die beste Konsole, die es überhaupt gab, und niemand wusste das zu würdigen!

Sega brachte die Dreamcast 1999 in Europa raus, und der Name sollte eine Mischung sein aus Broadcast also »Sendung« oder »Übertragung« und Dream/Traum – also ein »Traumübertrager«. Und genau das war das Ding für mich auch.

Als zum Beispiel das Spiel »Grandia II« 2001 rauskam, war das für damalige Verhältnisse wie ein interaktiver Kinofilm!

Aber wenn man mich nach meinem All-time-Favourite-Spiel fragt, dann muss ich sagen: »Phantasy Star Online.«

Dieses Game ist heute zu Unrecht etwas in Vergessenheit geraten. PSO war das allererste Online-Rollenspiel, und es lief zunächst auf der Dreamcast. Man konnte es alleine spielen, im Splitscreen, oder sogar online. Das hatte ich damals selbst rausgefunden, und es brachte mir den Ärger meines Lebens ein.

Damals war das Internet ja ein bisschen anders als das WWW, das wir heute kennen. Es lief einzig und allein über die Telefondose, nix Flatrate, nix Multiscreen. Entweder telefonieren oder Internet. Also hab ich tagsüber die Dreamcast an den Fernseher meiner Eltern gepackt – da sah das Bild cooler aus, weil die einen größeren Fernseher hatten – und habe dann das Telefon aus- und die Konsole angesteckt. Das war ein irrer Moment, denn plötzlich konnte ich *online spielen*! Mit anderen Leuten überall auf der Welt! Ich weiß noch, wie geflasht ich davon war, und kriege heut noch Gänsehaut, wenn ich daran denke.

»Phantasy Star Online« war das erste Konsolen-MMO, und ich hab seine Geburtsstunde hautnah miterlebt! Und alles, was man heute kennt, war da bereits implementiert – natürlich rudimentärer, aber es hat super funktioniert.

Der Online-Modus war der absolute Wahnsinn … bis die Telefonrechnung kam. Okay, die war auch der Wahnsinn.

Denn ich hatte natürlich keine Ahnung, wo auf dem schönen Erdenrund der Server stand, mit dem ich mich da verbunden hatte. Und entsprechend fiel die Telefonrechnung für das »Gespräch mit Übersee in einer Dauer von 6,3 Stunden« aus.

Ich sag dir, so einen Stress hatte ich mit meinen Eltern weder davor noch danach jemals wieder. Ich weiß die Summe leider nicht mehr, aber sie war völlig abartig hoch, und ich war ja selbst so geschockt! Das war richtig bitter.

Trotzdem würde ich dieses Spiel heute noch spielen. Das geht aber leider nur, wenn man sich ohne Ende reinfuchst und daran herumportiert. Mich begeistert nach wie vor, wie weit dieses Game damals schon war. Allein das Combo-System. Je nachdem, welche Waffe du hattest, musstest du die Angriffstaste in einem anderen Rhythmus drücken, damit die Combo-Kette nicht abreißt. Kommt einem bekannt vor, wenn man aktuelle Spiele zockt, oder?

Auch das ganze Interface – wenn du zum Beispiel »Pause« gedrückt hattest, kam das Item Menu, aber das Game pausierte natürlich nicht wirklich. Denn bei einem MMO kannst du ja nicht einfach die Zeit anhalten, wie zum Beispiel in einem Single-Player Game.

Und die Grafik war auch ganz erstaunlich – die hatten das alles so verdammt gut im Griff. Da man ja damals keine riesigen Datenpakete durch die Telefonleitung schicken konnte, hat man nur Steuerbefehle und Infos für das System nach Hause erhalten. Im Prinzip werden so bis heute die Datenraten niedrig gehalten. Aber dass das damals trotz des Flaschenhalses mit den niedrigen Übertragungsraten so gut geklappt hat, ist wirklich beeindruckend. Es sah toll aus, es hatte Spieltiefe, und ich bin damals fast ausgerastet, als ich festgestellt hab, dass es ein Crafting System gibt!

Die Gegner haben verschiedenfarbige Boxen fallen gelassen: gelb für Items, also Waffen, grün für Heilzeug und dergleichen, blau für Schilde. Und irgendwann droppte am Anfang des letzten Kapitels im normalen Schwierigkeitsmodus *eine rote Box*. Da bin ich dann einfach mal gepflegt durchgedreht! Ich hatte bis dahin noch nie eine *rote Box* gesehen! Es gab *Rare Items*, also vereinfacht gesagt, ganz besondere Dinge, die man eventuell nie findet.

Immer, wenn man eine Quest abgeschlossen hatte, öffnete sich ein Portal. Und irgendwann habe ich gelesen oder erzählt bekommen, dass man gar nicht sofort durch das Portal gehen musste, sondern sich stattdessen erst einmal weiter umschauen konnte, nachdem die Quest beendet war.

Und dann fand ich dort tatsächlich einen Character, den man im Tutorial ganz am Anfang bereits kennengelernt hatte. Er lag im Sterben, und die letzten Worte in seiner Speechbubble erzählten, dass ihn der Android namens Kireek, den man auch schon aus der ersten Trainingsmission kannte, betrogen hat. Und wenn man dann im weiteren Spielverlauf die richtigen Dinge ausgelöst hat, konnte man gegen diesen Kireek insgesamt drei Mal antreten. Falls man es geschafft hat, ihn zu besiegen, bekam man ganz am Ende seine Waffe: Eine Sense mit dem bezeichnenden Namen »Soul Eater«!

Das war für mich damals wirklich ein Aha-Erlebnis: Nur, weil man nach Beendigung einer Quest nicht direkt weiterspielte, sondern noch einmal zurücklief, setzte man eine Story in Gang, die zum sterbenden Trainer zurückführte und damit auf die Spur des betrügerischen Androiden brachte. Und nur dann, wenn man den mehrmals fand und auch besiegte, kam man an dieses mächtige Item ran.

Spätestens ab diesem Zeitpunkt war ich *getriggert* – mal wieder hab ich dafür kein anderes Wort als das denglische, das passt einfach zu gut, und die Übersetzung »auslösen« trifft es ja nun nicht so ganz. Auf jeden Fall war »Fantasy Star Online« letztlich der Grund, warum ich in den Videospiel-Journalismus eingestiegen bin und das heute als einen Teil meines Berufs begreife.

Auf dem Gymnasium ging es dann los mit Counter Strike – also dem Spiel, das heute noch gelegentlich für die elende Killerspiele-Diskussion herhalten muss. Wenn man sich wirklich mit dem Spiel beschäftigt, dann kann man unmöglich übersehen, dass sich hier alles vorrangig um Strategie, Absprachen und gemeinschaftliches, gut überlegtes Vorgehen dreht. Nur wer da ganz platt draufschaut, sieht nichts als Waffen und Geballer. Als ich damit angefangen habe, musste ich mich noch an den Computer meiner Eltern schleichen.

Insgesamt bin ich heute eher PC-Gamer, aber ich finde diese Diskussion »Konsole vs. PC« und »Konsole x vs. Konsole y« völlig blödsinnig. Ja, früher war ich Golf-Fahrer, also war Opel voll der Feind. Und heute werden Kinder ja quasi in Playstation-Familien oder Xbox-Haushalte reingeboren. Es war auch damals schon so: Ein Kumpel hatte die Playstation, und dann war die eben das allergeilste Ding im Universum. Und warum? Weil er eine Playstation hatte.

Genauso läuft es doch heute mit iPhone vs. Android oder Mac vs. PC. Das, wofür man sich entschieden hat, ist das jeweils Coolste, und man verteidigt diese Wahl bis aufs Blut. Denn ansonsten würde das ja bedeuten, dass man einen verdammt teuren, dummen Fehler gemacht hat, und wer gibt das schon gerne zu?

Zurzeit ist ja Virtual Reality ziemlich präsent, und es gibt endlich auch Games wie Bridge Commander, die toll funktionieren und Laune machen, wenn man drauf steht. Aber für mich muss der Kram erst noch kabellos werden, und auch die Latenzzeiten müssen sich noch verbessern. Da erzähl ich jetzt nix Neues, denn das ist allen klar, die sich damit beschäftigen. Auf jeden Fall verlief die Entwicklung von »braucht kein Mensch« über »Hey, das sieht ja schon echt gut aus« bis »der neue heiße Scheiß« ziemlich rasant, und es ist spannend, das mitzuerleben.

Ich hab leider meine Probleme damit, wenn ich nicht selbst bestimme, wo ich hinlaufe. Wenn ich sozusagen *bewegt werde*, dann krieg ich schnell Zustände. Movements, die ich selbst auslöse, sind kein Thema, aber sobald mich das Game zum Beispiel durch die Gegend fährt und ich mich auf dem Weg umschauen soll, kommt mir das Abendessen von gestern wieder hoch.

Und bei jeder Innovation im Gamingbereich gibt es natürlich auch immer die unvermeidlichen Meckerdeppen, die erst einmal dagegen sind und lautstark erklären, dass das kein Mensch braucht. Dass Nintendo mit seinen Innovationen die gesamte Gamingbranche durchgeschüttelt hat, muss den Leuten wohl entgangen sein. Klar kommen auf jeden Durchbruch wie den Gameboy oder die Wii ein paar bestenfalls amüsante Flops wie der Virtual Boy von 1995: Eine Art Tischstativ mit darauf fixiertem Headset und einem Controller, was insgesamt eher für Kopf- und Rückenschmerzen als für immersives Gameplay taugte. Aber immerhin lässt sich Nintendo laufend was Neues einfallen! Als im letzten Jahr die Werbeclips für die Nintendo Switch rauskamen, in denen ein Mädel erst zu Hause zockt, dann die Konsole einfach mitnimmt und auf einer Dachgartenparty einfach weiterspielt, war die Häme mal wieder groß. »Wozu geht sie auf die Party, wenn sie zocken will?« und »Wozu soll ich das Ding mitnehmen, wenn ich auch aufm Handy spielen kann?«. Die Switch ist für Nintendo ein gigantischer Erfolg, und keiner redet mehr von der eher halb garen WiiU.

Insgesamt ist es sowieso der Wahnsinn, was sich in den letzten Jahren im Technologiebereich getan hat. Zu dem Thema zitiere ich gerne und mit Hingabe die Leute, die sich mit besonders falschen Zukunftsprognosen auf dem Gebiet hervorgetan haben.

Robert Metcalfe ist einer der Entwickler des Ethernet, also der LAN-Technologie. Ausgerechnet der hat 1995 gesagt, dass das Internet schon im nächsten Jahr einen »katastrophalen Kollaps« erleiden würde, und hat angeboten, ansonsten den Zettel mit seiner Rede aufzuessen. Dass er damit falschlag, hat er schon '97 erkannt, und tatsächlich packte er die Rede zusammen mit ein bisschen Flüssigkeit in einen Mixer und schluckte sie brav herunter.

Steve Ballmer, im Jahr 2007 der CEO von Microsoft, war damals der Meinung, dass das iPhone keine Chance auf einen signifikanten Marktanteil hätte. Heute hat er vielleicht sogar selbst eins.

Ein Mann namens Steve Chen lag auch nicht so ganz richtig, als er 2005 sagte, dass es einfach nicht genug Videos gäbe, die er sich ansehen würde. Folglich wäre dieses Ding namens »YouTube«, das er gerade zusammen mit anderen gegründet hatte, wohl auch nicht sonderlich zukunftsträchtig. Damals lagen auf dem Portal gerade mal 50 Clips herum, und er lag auch – und zwar falsch.

Ich bin nach wie vor neugierig, was im Gamesbereich weiter passieren wird, und man kann mich damit immer noch begeistern. Aber dieser unfucking fassbar geile Moment, als die Dreamcast über die Telefonleitung plötzlich Kontakt zu anderen Gamern aufgenommen hat, wird für mich schwer zu übertreffen sein.

Ich sage ganz bewusst nicht, dass es nicht möglich ist. Denn am Ende muss ich dieses Buch aufessen, und das passt garantiert nicht in meinen Mixer!

DIE DREHARBEITEN zu seiner geplanten, weltumspannenden Doku-Serie steckten Flo beim Schreiben dieses Buches noch ziemlich in den Knochen. Beeindruckt hatte ihn zum einen die Erschöpfung, die ihm erstmals so richtig aufgezeigt hatte, wo seine körperlichen Grenzen liegen, noch wichtiger waren ihm aber die vielen kulturellen Eindrücke, die er von den Reisen mitgebracht hatte. Manchmal wirkte es so, als würden ihm diese Erinnerungen gerade erst wieder in den Sinn kommen.

00:30 / 28:47

Für deine Generation bist du mit Anfang dreißig ja eher spät dran mit dem Reisen. Andere legen nach dem Schulabschluss erst mal ein *Work and Travel*-Jahr in Neuseeland ein …

Es war ja auch keine Spaßreise, sondern ein Dreh für eine Doku-Serie, an der ich gerade parallel arbeite. Ich war auf vieles vorbereitet: auf Verständigungsschwierigkeiten, auf juristischen oder bürokratischen Trouble – aber die unfassbare Armut, die mir an vielen Orten begegnet ist, darauf war ich nicht wirklich vorbereitet. Wir haben in Kenia einen Slum besucht, und die Eindrücke sind schwer zu beschreiben. Überall kranke Menschen, verletzte Menschen, verletzte Hunde, tote Hunde. Auf der Straße läufst du durch Gerüche, die du tagelang nicht aus der Nase bekommst, denn es gibt dort kein Abwassersystem, alles landet auf der Straße, wie in einem schlechten Mittelalterfilm. Wir haben unzählige Menschen gesehen, die mit Drogen und Alkohol zu kämpfen hatten. Die »Häuser« sind Wellblechhütten, aber auch aus Lehm, Stroh und allem anderen, womit man irgendwas bauen kann, das Schutz und vielleicht eine Art von Privatsphäre ermöglicht. Dazu überall nahezu unendlich viel Plastikmüll.

Es war generell schon mal schwierig, weil wir als Kameracrew ordentlich viel Security brauchten. Die Menschen vor Ort haben – völlig verständlich – die Schnauze voll davon, dass sie als Anschauungsobjekt dafür herhalten müssen, wie schlimm es »in den anderen Teilen der Welt ist«.

Allerdings waren wir ja gar nicht dort, um »die Armut abzufilmen«, sondern wir wollten das bargeldlose Bezahlungssystem M-Pesa dokumentieren: Das ist ein in ganz Kenia verbreitetes Bezahlverfahren und funktioniert mit jedem Handy auf der Welt. Also stehe ich mit dem fünfköpfigen Filmteam und unserem Kamera-Equipment plus Security mitten in einem der krassesten, ärmsten Slums der Welt, und um uns herum revolutioniert gerade das erfolgreichste bargeldlose Payment-System die Finanzwelt.

Um mit M-Pesa zu bezahlen, braucht man nämlich kein Bankkonto mehr, weshalb es vor allem in Ländern sehr verbreitet ist, in denen viele Menschen von Banken nicht als Kunden akzeptiert werden. Man lädt ähnlich wie bei einer Prepaid-Karte Guthaben aufs Handy, verifiziert die zu bezahlende Summe durch einen Code und sendet das Geld an die Handynummer des Empfängers, der verifiziert die Transaktion mit einem eigenen Code, und es wird auf dessen M-Pesa-Konto gutgeschrieben. Man kann damit in Geschäften einkaufen, aber auch Geld abheben, Geld auf ein M-Pesa-Sparkonto einzahlen, Auslandsüberweisungen machen und sogar Mikrokredite erhalten.

Das Ganze ist allerdings nicht staatlich reguliert, wie das bei Banken der Fall ist, sondern wird von den privaten Mobilfunkunternehmen Safaricom und Vodafone UK entwickelt und betrieben. Das ist einerseits spannend, aber eben auch bedenklich, weil ein Großteil des kenianischen Cashflows in der Hand von Vodafone UK liegt.

Nun leben in Slums wie diesen die Ärmsten der Armen. Aber Handys haben die meisten. Daran sieht man schon, dass Armut und »ein Handy haben« sich heutzutage nicht mehr ausschließt, wie uns der ein oder andere Pegida-Fan vielleicht heiser entgegengrölen möchte.

Erst wenn du so arm bist, dass du dir keine SIM-Karte besorgen kannst, dann hast du gar keine Chance mehr. Denn ohne Handy bist du ziemlich am Arsch. Klar verbietet dir niemand, mit Bargeld zu zahlen. Aber wenn man kein Bankkonto bekommt, weil man die Gebühren nicht bezahlen kann oder keine feste Wohnadresse hat, hilft einem auch der schönste Geldautomat nichts. Mal davon abgesehen, dass es dort gar keine mehr gibt und die Leute ihr weniges Geld lieber am Körper tragen. Daher ist das Handy als Kommunikations- und Zahlungsmittel für die Menschen die Chance. Und für M-Pesa reicht auch ein einfaches Handy, ein Smartphone ist nicht nötig.

Kenia war also nicht nur persönlich, sondern auch thematisch ziemlich bereichernd. Doch leider hatten wir einen ziemlich strengen Zeitplan, und als ich zwei Tage später aufgewacht bin, war ich schon wieder in einem völlig anderen Film. Ich lag in einem monströsen Bett voller Kissen und hatte keine Ahnung, wo ich war. Ich weiß noch, wie ich hochgeschreckt bin und mich völlig desorientiert umgesehen habe. Den Geruch aus dem Slum hatte ich sozusagen noch in der Nase – aber mein Umfeld passte überhaupt nicht dazu, denn ich hockte inmitten einer Gold-Protz-Marmor-Brokat-Suite. Für einen Moment dachte ich wirklich, ich würde noch träumen, doch dann sah ich mein Gepäck in der Ecke stehen und erinnerte mich wieder an den Flug nach Dubai. Die Schuldgefühle brannten mir ein Loch in den Nacken, weil ich unwillkürlich an den Preis denken musste, den andere Menschen dafür zahlen, dass ich in einem frisch bezogenen Kingsize-Bett mitten in der Wüste liegen kann. Das war schon echt krass. Der Weg runter in die Lobby kam mir völlig unwirklich vor. Der Kontrast zu dem, was mich vor nur wenigen Stunden umgeben hatte, war so immens, dass ich mich fühlte, wie Alice im Wunderland. Ein Gefühl, das mich auf der gesamten Reise nicht mehr verließ.

Und was war der seltsamste Dreh, den du auf dieser Reise erlebt hast?

Der abgefahrenste Dreh, den ich jemals hatte, war in einem Kuschelcafé in Tokio.

Man kann dort eine junge Frau oder in wenigen Cafés auch einen jungen Mann buchen, und die schlüpfen dann in ein vorher von dir ausgewähltes Outfit: Sailor Moon, Kätzchen, Maid ... was auch immer, es gibt alles. Und dann bezahlt man das, was man machen möchte. Man kann einfach nur reden, zusammen kochen oder Videospiele spielen. Man kann kuscheln, sich tief in die Augen schauen oder sich den Kopf kraulen lassen. Wichtig ist, dass es nie zu sexuellem Kontakt kommen darf, und der Kunde bekommt nur das, was vorher gebucht wurde. Für 1000 Yen kannst du dir auch eine klatschen lassen, wenn du das willst.

Die Ernsthaftigkeit, mit der das dort angeboten wird, fand ich dann doch ganz schön absurd. Andererseits ist es auch irgendwie konsequent, dass es bei all den Verrücktheiten auf diesem Planeten auch einen Ort gibt, an dem ich mit Sailor Moon ein Game zocken und mir danach eine runterhauen lassen kann.

Mir ist schon klar, dass unsere kulturellen Gepflogenheiten auf Menschen aus Japan mindestens genauso bizarr wirken müssen. Trotzdem war das Kuschelcafé definitiv einer der wunderlichsten Orte auf dieser bunten Welt, die ich bisher gesehen habe.

Ich war allerdings schon mehrmals in Japan, nicht nur für diesen Dreh, einmal sogar für mehrere Wochen. Das Land fasziniert mich ungemein. Das Nebeneinander von Hochtechnologie und jahrtausendealter Kultur begeistert mich jedes Mal. Und auch das Gedenken an Tragödien und Katastrophen wird dort ganz anders angegangen als bei uns. Vom Friedenspark in Hiroshima zum Beispiel muss ich unbedingt noch mehr erzählen, aber an was ich mich da als Erstes erinnere, ist eine Art Pagode, also ein kleiner Tempel auf einem Grashügel, den ich mir dort ansah. Plötzlich kamen da drei wahnsinnig stylishe Jugendliche angeschlendert, zwei Mädels und ein Typ. Die Stöckelschuhe der Mädchen klapperten über den Boden, sie unterhielten sich angeregt und lachten dabei immer wieder laut.

Aber je näher sie der Pagode kamen, desto leiser wurden sie. Als sie das Zentrum des Türmchens erreicht hatten, waren sie längst komplett verstummt. Irgendwer von ihnen läutete eine kleine Glocke, die im Turm angebracht war, sie verneigten sich tief und verharrten für mindestens fünfzehn Sekunden in vollkommener Stille und Konzentration. Dann entfernten sie sich wieder von der Kuppel, und erst, als sie ein paar Meter weit weg waren, setzten sie auch ihr Gespräch wieder fort.

Da hatte ich Gänsehaut. Diese Selbstverständlichkeit des Gedenkrituals an die Opfer des Atombombenabwurfs von 1945 – ohne jegliche Oberflächlichkeit –, das hat mich innerlich völlig ergriffen.

Diese Innigkeit habe ich aber in den Tempeln überhaupt oft gesehen: Geschäftsleute strömen während der Mittagspause in die Tempelanlagen, um Wünsche und Gebete für die kommende Woche auf einen Zettel zu schreiben. Den falten sie dann, hängen ihn auf die dafür vorgesehene Leine und gehen wieder. Währenddessen bleibt es in den Tempelanlagen völlig still, sie sind also im wahrsten Sinne des Wortes Ruhezonen. Ich hab keine Ahnung, wie die das schaffen, vielleicht ist das irgendeine Chi-Sache – als würde ein Meister da morgens und abends drüberwedeln, um den Lärmdrachen umzulenken.

Diese Zentren der Ruhe inmitten der irrwitzigen Hektik der Großstadt, dieser ultimative Mix aus High-End-Moderne und tief verwurzelten Traditionen – das finde ich bewunderns- und ehrlich gesagt auch erstrebenswert, da ich es aus meinem Alltag nicht kenne.

Ich würde mir so etwas wünschen, was in den Alltag integriert ist und mich kurz aus dem Stress, aus dem Getöse rauszieht.

Ich glaube auch, dass das vielen meiner Kollegen unglaublich guttun würde. Aber ich krieg das selbst einfach nicht in mein Leben hineingebastelt. Da wäre ein Ritual, das ich seit meiner Kindheit kenne und nicht infrage stelle, schon manchmal hilfreich.

Mein Leben besteht sechseinhalb Tage die Woche für 18 Stunden am Tag aus Hektik, und ich weiß, ich bin damit nicht alleine. Aber ich krieg das mit der Entspannung auf dem Balkon einfach nicht hin. Mit einer Dose Energydrink in der einen und dem Handy in der anderen Hand … Hm, warum wohl klappt das bei mir nicht?

Andererseits: Diese Rituale und die Ruhe mögen helfen, dennoch sieht man ebenfalls am Beispiel Japan, wie der Leistungsdruck immer mehr Opfer fordert. Diese extreme Disziplin wirkt manchmal auch unmenschlich. Da braucht's dann vielleicht Kuschelcafés, Tempel und Rituale zum Runterkommen.

Diese nahezu indoktrinierte Arbeitsmoral ist natürlich eine Sache, mit der ich gar nicht klarkäme. Trotzdem ist das Klischee, dass Japaner nicht kreativ seien, totaler Bullshit. Wenn man sich nur mal den Bereich Gaming anschaut, ist das offensichtlich. Shigeru Miyamoto hat mal eben Super Mario, Donkey Kong und Zelda erfunden, und niemand wird Oscarpreisträger Hayao Miyazaki und den Leuten bei Studio Ghibli ernsthaft mangelhafte Kreativität vorwerfen können. Trotzdem hält sich dieses Vorurteil.

Manchmal denk ich mir, das ist vielleicht nur eine armselige Ausrede für uns Menschen aus dem Westen, damit wir uns nicht so scheiße fühlen. Während wir im Musikunterricht keinen geraden Ton aus der verdammten Flöte herausbekommen, füdeln uns auf YouTube die vierjährigen Japaner Bachs Toccata und Fuge in d-Moll drauf vor. Das Einzige, was wir dann zusammengestottert bekommen, ist: »Ja, aber da fehlt ja das innige musikalische Gefühl, nämlich!«

Kuschelcafés wären ja nun nicht so meins, aber mit »Tempeln der Ruhe« könnte ich mich vielleicht anfreunden, wenn man am Eingang das Smartphone abgeben muss und die so viel Ahnung von Technik haben, dass sie einem auch die Bluetooth Kopfhörer abnehmen.

Ein weiterer Ort in Japan, der mich jedes Mal sehr beeindruckt, ist, wie gesagt, der Friedenspark in Hiroshima. Daher gibt's jetzt auch für alle, die noch nie davon gehört haben, ein kurzes Allgemeinbildungsintermezzo:

Die bislang einzigen Atombombeneinsätze in einem Krieg waren die beiden Abwürfe auf Hiroshima am 6. August und auf Nagasaki am 9. August 1945. 100 000 Menschen wurden sofort getötet, bis zum Ende des Jahres starben an den Folgen noch einmal 130 000 Menschen. Mit Japans Kapitulation kurz danach endete der Zweite Weltkrieg auch in Asien – in Europa war er da schon zu Ende. Das Gedenken an die Opfer spielt in der nationalen Kultur und im nationalen Selbstverständnis Japans eine große Rolle. Aber auch im Rest der Welt stehen die Namen der beiden Städte seitdem für den Schrecken der Atomwaffen. Dabei waren diese Bomben noch verhältnismäßig klein im Vergleich zu dem, was Staaten heutzutage aufeinander gerichtet haben. Die Bombe auf Hiroshima hatte 12,5 Kilotonnen Sprengkraft. Heute misst man in Megatonnen, also dem Tausendfachen einer Kilotonne. Zum Vergleich: Wenn man alle Bomben zusammenzählt, die im Zweiten Weltkrieg explodierten, entspricht die Sprengkraft drei Megatonnen TNT. Ein einziges Atom-U-Boot der Amis verfügt heute über das Zehnfache.

Im Friedenspark von Hiroshima hab ich das Kinder-Friedensmonument oder auch »Kranich Denkmal« besucht. Auf einer Kuppel steht da die Figur eines kleinen Mädchens, das einen stilisierten

Origami-Kranich hochhält. Das Mädchen ist Sadako Sasaki, und in Japan kennt jeder ihren Namen und ihre Geschichte: Sadako war knapp drei Jahre alt, als die Bombe fiel. Zehn Jahre später diagnostizierte man bei ihr Leukämie, also Blutkrebs. Sadako hörte von einer Legende, wonach man eintausend Papier-Kraniche falten sollte, um von den Göttern einen Wunsch erfüllt zu bekommen. Also faltete das Mädchen im Krankenhaus Papier-Kraniche. Als sie starb, hatte sie tausendsechshundert Stück gefaltet. Bis zuletzt hoffte sie auf Heilung.

Die Geschichte ging um die Welt, und der Kranich ist bis heute ein Symbol für die Antiatombewegung. Rund um das Denkmal herum stehen Schaukästen, gefüllt mit Tausenden Origami-Kranichen, gefaltet von Kindern aus aller Welt.

Für mich als Berliner ist auch der hohe Stellenwert der Gastfreundschaft in Japan immer wieder eine Überraschung. Zum Beispiel gibt es da diesen Begriff: Omotenashi. Damit ist gemeint, dass der Gastgeber oder Dienstleister seinem Gast beziehungsweise Kunden im Idealfall bereits ansieht, was der braucht. Das hat zur Folge, dass ich nicht um etwas bitten oder fragen muss. Natürlich funktioniert das nicht immer, und es führte zu ziemlich witzigen Situationen.

Wenn du zum Beispiel aus einem Restaurant rausgehst, hält dir jemand die Türe auf, bedankt sich höflich für deinen Besuch, tritt ein paar Schritte mit dir hinaus auf die Straße und winkt dir noch mindestens fünf Meter hinterher. Stell dir das mal in Berlin vor. Wenn das hier jemand machen würde, kämst du dir massiv verarscht vor und würdest nie wieder hingehen. »Leute, geht da bloß nicht rein, die sind voll creepy!«

Japan hat allerdings auch eine andere Seite: Für Koreaner, Chinesen, Philippiner oder generell Menschen mit schwarzer Hautfarbe scheint diese Gastfreundschaft nicht im gleichen Maße zu gelten. Man merkt das zum Beispiel daran, dass Japan zwar ein massives Problem mit der Überalterung hat, aber trotzdem verhältnismäßig wenige Einwanderer zulässt, die diese Lücke eigentlich gut füllen könnten. Eine liberalere Einwanderungspolitik wäre in Japan nämlich alles andere als populär und »politischer Selbstmord«. Erst 2016 hat Japan eine Art Antidiskriminierungsgesetz eingeführt, unter anderem aufgrund einer unmissverständlichen Aufforderung der UNO. Dieses Gesetz aber kommt, gemessen an unseren Standards, insgesamt arg schwammig daher. Die Behörden sollen Hassreden und dergleichen zwar nicht mehr tolerieren und sind verpflichtet, etwas dagegen zu tun, ein Verbot gibt es aber ebenso wenig wie Strafen.

Zurück zu deiner Reise, das hört sich nach einem ziemlich irrwitzigen Kontrastprogramm an …

Nicht nur *ziemlich*, sondern *total* irrwitzig. Manchmal hatte ich das Gefühl, ich sitze vor einer Kinoleinwand, und hinter mir wechseln im Zeitraffer die Länder durch. Eines der Highlights war dann auch der Besuch in Washington D.C, um mit Christine Lagarde zu sprechen, der geschäftsführenden Direktorin des Internationalen Währungsfonds.

Dabei konnten wir uns mal anschauen, wie der IWF arbeitet. Da werden Kredite der Vereinten Nationen an Länder vergeben, die sich aus eigenen Mitteln nicht finanzieren können. Außerdem überwacht die Behörde von Frau Lagarde unter anderem die internationale Geldpolitik. Im Bedarfsfall werden Länder auch komplett restrukturiert: Die Vereinten Nationen definieren mit den Ländern Zielvorgaben, und dann werden Finanzmittel vergeben, um beispielsweise Infrastrukturprojekte zu realisieren und anzukurbeln.

Und sofort dengelt bei mir die Birne wieder los: Klar hilft das vielen Menschen. Auf dem Papier profitiert erst einmal jedes Land von Investitionen, vom Ausbau der Infrastruktur oder von der Erschließung für den Tourismus. Ob das alles aber auch bei den Menschen ankommt, die es am nötigsten brauchen, kann man nur hoffen. Ich persönlich zweifle aufgrund einer gewissen Grundskepsis daran, wenn ich ehrlich sein soll. Und trotzdem sagt der weniger pessimistische Teil in meinem Hirn: Wie cool, dass es so was überhaupt gibt! Denn wenn man gar nichts tut, hilft man niemandem. Und das kann ja wohl keine Alternative sein.

Immer wenn es um Umverteilung geht, werden ja auch gerne Leute wie Bill Gates für ihre philanthropischen Aktionen kritisiert: »Der ist ja so reich, der merkt es gar nicht, wenn er irgendwo einen riesigen Batzen Geld hinschmettert!« Wenn er damit aber zum Beispiel einer Region mit der Wasserversorgung für Tausende Menschen hilft, find ich das grundsätzlich gut.

Daher regt es mich dann auch so auf, wenn mir unter der Newsmeldung im Netz Kommentare entgegendröhnen, die motzen: »Ja, der soll mal lieber da und dort dieses und jenes machen!«

Was heißt denn »mal lieber«? Soll er das eine also lassen und besser was anderes machen? Weil JensTheMAN2002@web.de nach dem Lesen einer Headline über genug Wissen verfügt, um irgendwas in die Kommentare zu blöken?

Die Bill & Melinda Gates Stiftung hat laut Wikipedia ein Kapital von 37 Milliarden Dollar. Damit fördert sie weltweit Projekte im Bereich landwirtschaftlicher Entwicklung, Bildung und Gesundheit.

Ich finde es ebenfalls wichtig, dass man solche privaten Stiftungen nicht total unkritisch toll findet, und natürlich muss man genau hinschauen, ob Geld nach Gutsherrenart an Kumpels vergeben wird oder wirtschaftliche Interessen unter dem Deckmantel karitativer Zwecke erkauft werden. Organisationen wie Transparency International oder Phineo machen diesbezüglich einen ziemlich guten Job.

Und wenn JensTheMAN2002@web.de dann noch Lust hat, sich

zu engagieren, kann er sich ja mal erkundigen, ob der Bill Gates nicht Leute braucht, die dabei helfen, Brunnen zu graben oder Impfstoffe zu verteilen. Dann ist er von der Straße beziehungsweise AFK und kann weniger rumtrollen. Dann haben wir alle was davon. Hau rein, Jens!

Als ich dann irgendwann endlich wieder zu Hause war, hab ich bemerkt, dass sich die vielen Eindrücke zu einem einzigen Erinnerungsknäuel zusammengezogen hatten. Es sind einfach zu viele Dinge in zu kurzer Zeit passiert und haben mich im Wesentlichen nur vor sich hergetrieben. Ich kam mir vor wie das Klischee eines asiatischen Touristen in Europa: Raus aus dem Bus, alles abfilmen, das komische Essen fotografieren, zurück in den Bus, weiter geht's.

Ich hab' Dinge erlebt, die für andere Menschen immer ein Traum bleiben werden, und versuche daher, das jetzt im Nachhinein auch zu würdigen. Ich bin zum Beispiel einfach mal Eurofighter geflogen, womit ich mir einen Lebenstraum erfüllt habe! Nicht umsonst ist das einer der Punkte, die ich als Checklist-Tattoo auf dem Arm trage.

Und ich saß in einem riesigen Battle-Mech, der jedem Mechwarrior-Fan die Tränen in die Augen treiben würde!

Das war bei einem Mech-Entwickler in Seoul, der Hauptstadt von Südkorea. Für alle Nicht-Nerds: Ein Mech ist eine Art Roboter, in dem ein Mensch sitzt, der durch seine Bewegungen kontrolliert, was das Monstrum macht. Im Wesentlichen sieht das Ding genauso aus, wie die Battle-Mechs in Matrix III, nur ohne die Waffen. Der Mech, den wir besichtigten, ist für die Industrie gedacht und soll einmal Arbeiter unterstützen.

Als ich dann aber in dem Ding saß und mit der Steuerung über das Exoskelett jeden einzelnen Finger des Teils bewegen konnte, da war mir vollkommen klar, was da noch alles geht. Offiziell ist das kein Kriegsgerät, und niemand hat auch nur ein Wort in die Richtung verloren. Aber das Gefühl, das ich da in diesem Cockpit hatte… Vielleicht bin ich da einfach von Filmen und Games so vorbelastet, aber der Gedanke an einen Krieg der Roboter ging mir danach nicht mehr aus dem Kopf. Ich bin dann irgendwann ganz schön abgegangen da drin und hab nur noch einen auf Robot-Revolution gemacht! Stell dir vor, du reißt deinen eigenen Arm hoch, und da draußen macht es laut WRRRRUSCH, und der Roboter macht genau das Gleiche! Nur ist der Arm von dem Kerl so schwer, dass du spürst, wie er wankt! Du hast also gerade Tonnen an Gewicht bewegt, ohne jede Anstrengung. Ja, mit diesem Ding könnte man Alien-Dinos bekämpfen, und ich glaube, ich hätte auch gewonnen! Nächstes Mal darf ich damit dann vielleicht auch mal draußen ein bisschen spazieren gehen, durch Gebäude laufen und so… Die sollen gern versuchen, mich aufzuhalten, muhaha!

Der Trip nach Seoul war absolut fantastisch, aber nur wenig später war ich schon wieder in einem anderen Land bei einem anderen Thema.

Ich denke mal, ich schau mir in ein paar Jahren die Doku noch einmal ganz in Ruhe an. Vielleicht kann ich dann komplett erfassen, was ich da alles erlebt habe.

#werte

#schmerzgrenzen

#gesetze

#noretro

#fakenews

#merkelandme

#duhastdiewahl

#ditisberlin

#brokendreams

#cybermobbing

#trolle

#nerdom

#anfängerglück

#reisen

#druckreif

#morefuture

FLOS MUTTER ist Deutschlehrerin, und er selbst, nicht nur berufsbedingt, geschickt im Umgang mit Worten. Allerdings ist er auch als LeFloid kein Bewahrer, sondern Neologismen und auch Anglizismen gegenüber aufgeschlossen. Er nimmt außerdem kein Blatt vor den Mund, wie sein Zitat zum Merkel-Interview zeigt: »Weil es die fucking Kanzlerin war und ich ein fucking YouTuber bin und die fucking Kanzlerin interviewen wollte.« Das findet nicht jeder gut.

00:30 / 28:47

Was antwortest du auf »Ich find' dich voll witzig, LOL.«?

Ich dich auch, ROFL. Ja, ich bin jemand, der bewusst LOL sagt. Das finden manche Leute wirklich furchtbar, aber da müssen sie entweder durch oder mir nicht mehr zuhören. Sprache entwickelt sich nun mal weiter, und selbst wenn ich es wollte, könnte ich den Wandel nicht aufhalten.

Wenn sich herausstellt, dass die Verwendung von LOL und Co. irgendwann nicht mehr passt, dann sterben die Begriffe auch wieder aus. Seit mehr als vierzig Jahren benutzen wir die Umschreibung, dass wir »auf etwas stehen«, wenn wir was gut finden. Aber niemand nennt einen Kurzhaarschnitt noch »Koreapeitsche«.

Ich mag aber nicht nur Neologismen, sondern auch ein paar alte Begriffe, wie zum Beispiel »blümerant« für »schwindelig«, was vom französischen »bleu mourant« (blass, totenartig bläulich) kommt.

Das Schöne an Sprache ist, dass sie sich selbst reguliert, denn sie ist ein großer, komplexer Organismus, der laufend Energie in sich aufnimmt, diese irgendwie zerkaut, runterschluckt, verdaut und am Ende alles wieder ausspuckt, was sich als nicht hilfreich erweist.

Wenn wir Pech haben, bleibt uns der selten dämliche Begriff »alternative Fakten« daher länger erhalten, als uns lieb ist. Der kam ja nur auf, weil Donald Trumps Beraterin Kellyanne Conway in einer Mischung aus rhetorischem Geschick und Frechheit eine Erklärung aus dem Ärmel schüttelte, warum die Angaben zur Anzahl der Zuschauer bei Trumps Amtseinführung so weit auseinandergingen.

Team Trump behauptete, es wären wahnwitzig viele gewesen – der Rest der Welt schaute einfach auf die Fotos und stellte fest, dass es wohl eher deutlich weniger waren als sonst. Somit gab es nach Meinung von Frau Conway »alternative Fakten«, was natürlich schon inhaltlich völliger Blödsinn ist. Entweder etwas ist ein Fakt, oder es ist keiner. Aber gut, jetzt haben wir immerhin auch einen Begriff für die Unart mancher Menschen, Bullshit zu labern und das als angebliche Tatsache zu präsentieren. Wenn uns der Begriff erhalten bleibt, bedeutet das also auch, dass wir leider noch eine Verwendung dafür haben.

Die typisch deutsche Aufregung über Wörter aus dem Englischen nervt mich fast noch mehr. Es gibt so verdammt viele Wörter rund um Internet, soziale Medien und Videospiele, für die es einfach keine gute deutsche Entsprechung gibt. Klar kann man zum »booten« auch sagen, dass man den Rechner »hochfährt«. Aber »Weltnetz« statt Internet sagen nur noch ein paar versprengte Sprachkritiker und Neonazis. »Chatten« meint etwas anderes als »plaudern«, und »bashen« ist nicht wirklich »zuschlagen«.

Wenn ich jemanden »disse«, dann kann das ernst, spielerisch beziehungsweise halblustig oder innerhalb eines absichtsvoll durchgeführten Sprachgesangs-Wettbewerbs passieren. Auf jeden Fall ist es aber was anderes, als einfach nur »jemanden zu beleidigen«.

Es gibt so viele Begriffe, die sich in diesem Bereich gebildet haben und auch eine Funktion erfüllen. Klar hätte man da bestimmt auch deutsche Wörter erfinden können. Aber es gibt nun mal keine Institution, die man anruft, wenn deutschlandweit mal schnell eine akzeptable und spracherhaltende Entsprechung für den »Plotstopper« gebraucht wird. Der »Handlungsaufhalter« klingt zwar auch ein bisschen witzig, hätte sich aber vermutlich nicht durchgesetzt. Schon gar nicht als Bezeichnung für einen »Bug«.

Wikipedia übersetzt die »Game-Engine« lustigerweise mit »Spiel-Engine«. Ich denke mal, »Spiel-Maschine« würden sie nicht einmal die Neonazis nennen, und denen graust es ja bekanntlich vor kaum was. Wenigstens merkt keiner, ob ich »Maus« oder »Mouse« sage.

Dass älteren Herrschaften mal der »Negerkuss« rausrutscht, weil sie das früher so gelernt haben, und das »Schaumküsschen« einfach nicht in die Birne bekommen, nehme ich ihnen ehrlich gesagt weniger übel. Ich finde, man muss da immer den Kontext und siebzig Jahre Gewohnheit mitberücksichtigen.

Klar, wenn jemand das aus Prinzip sagt, denn »das hab ich immer schon gesagt, und da stört sich doch keiner dran«, dann ist das nicht okay. Begriffe, die das Potenzial haben, andere Menschen ganz real zu beleidigen, absichtlich und aus Sturheit weiterzuverwenden, finde ich armselig. Abermals spielt der Kontext eben eine Rolle.

Disney hat das bei seinen alten Cartoons aus den Dreißiger- und Vierzigerjahren super gelöst. Darin wimmelt es mitunter von rassistischen Stereotypen, von der schwarzen, abergläubischen Mama mit Wulstlippen über den Mengele-artigen, deutschen Wissenschaftler bis zum jüdischen Geldverleiher, der sich laufend gierig die Hände reibt. Auf der DVD-Collection gibt es nun zu diesen Kurzfilmen immer ein einordnendes Vorwort von Filmhistoriker Leonard Maltin, welches man auch nicht so einfach skippen kann. Er erklärt einzeln für jeden Cartoon die zeitlichen und kulturellen Umstände, aus denen die Filme entstanden sind.

Ich finde, das ist ein guter Weg, um klarzumachen: »Hallo, wir haben verstanden und finden auch, dass das heute nicht mehr okay ist. Aber die alten Filme sind es trotzdem wert, so gesehen zu werden, wie sie sind. Also rafft gefälligst, was wir euch damit sagen wollen, und seht euch die Cartoons bitte mit dem Wissen von heute an.«

Wenn also in der alten Übersetzung von »Pippi Langstrumpf« vom »Negerkönig« die Rede ist, dann ist das einerseits ein Ausdruck, der im Kontext der damaligen Zeit und innerhalb dieser Szene im Buch als okay galt, andererseits ist er aber heute definitiv nicht mehr in Ordnung.

Würde man nun einfach eine »historische Ausgabe« und daneben eine »aktualisierte Ausgabe« veröffentlichen und beide mit einem erklärenden Vorwort versehen, fände ich das eine gute Lösung. Dann hätten die Eltern die Wahl, ob sie lieber das Original vorlesen wollen und gegebenenfalls was dazu erklären, oder ob die Kinder die überarbeitete Ausgabe alleine lesen, ohne dabei Wörter aufzuschnappen, die Menschen beleidigen.

Stattdessen streiten sich Bewahrer mit Erneuerern, besorgte Eltern mit besorgten Bürgern und Facebook-Trolle mit allen, einfach nur, weil sie es geil finden, und im Endeffekt erreicht man anstatt einer Lösung nur einen höheren Verkrampfungsgrad.

Ich schau dabei zu und denk mir manchmal einfach nur LMAO.

#werte

#schmerzgrenzen

#gesetze

#noretro

#fakenews

#merkelandme

#duhastdiewahl

#ditisberlin

#brokendreams

#cybermobbing

#trolle

#nerdom

#anfängerglück

#reisen

#druckreif

#morefuture

LEFLOID IST EIN Optimist, der sich aus einer gesellschaftlichen Verpflichtung heraus oft pessimistisch äußert. Das zeigt aber nur, wie wichtig es ihm ist, immer beide Seiten einer Medaille zu betrachten. Selten wurde das deutlicher als beim folgenden Thema.

00:30 / 28:47

Woran denkst du beim Thema Zukunft?

Weltuntergang! Asteroiden! Emmerich!

Nein, im Ernst, die Menschen haben ja immer Angst, dass die Welt untergeht. Aber die Welt wird wohl eher nicht untergehen – nur die Menschheit wird irgendwann aussterben. Vermutlich selbst verschuldet, wenn wir so weitermachen. Und wenn wir nicht so weitermachen wollen, hätte ich da eine ganz gute Idee, wie man unser Aussterben vielleicht verhindern könnte: Einmal pro Schuljahr gibt es einen Trumpday. Da wird dann gezeigt, was Donald Trump so getrieben hat, und dazu gibt es dann die Message: »Schaut mal, liebe Kinder. Das, was der gemacht hat…, das machen wir *nicht* noch mal.«

Und bis das so weit ist, fangen wir gleich mal bei uns selbst an und fahren weniger allein im Auto rum, vermeiden Müll, verwenden keinen Mikroplastikscheiß mehr und so weiter.

Ich bin von wenigem so genervt wie von Leuten, die dann antworten: »Ja, gut ... Aber nur weil ich das jetzt mache, ändert das ja nix!«

Doch.

Tut es.

Alter!

Das ändert was, und zwar an dir! Und wenn du dann noch weniger Zeit mit Rummeckern verdödelst und stattdessen als Beispiel für die Kinder oder Freunde, Familie, Verwandten vorangehst, dann seid ihr schon zu zweit, zu viert, acht, sechzehnt! Eventuell machen dann irgendwann mal ein paar Hunderttausend Leute mit, weil du dich dazu entschieden hast, der erste Dominostein zu sein.

Jeder Einzelne ist in der Lage, was zu bewirken. Ich weiß sehr genau, dass das wie eine Floskel klingt. Aber ich glaube das tatsächlich – beim Wählen gehen genauso wie bei der Umwelt oder bei gesellschaftlichen Themen.

Die Zukunft wäre deutlich rosiger, wenn alle Menschen verinnerlichen würden, dass wir alle einen Unterschied machen können. Es sind nicht nur »die da oben« oder »die in Brüssel« – wir alle tragen Verantwortung für das, was wir auf diesem Planeten so treiben.

Es macht mich wahnsinnig, wenn sich jemand in einem Satz darüber beschwert, dass die Ampelphasen in Berlin sinnlos sind, die Milch teurer geworden und die S-Bahn nicht pünktlich ist, weil »die da oben ja eh machen, wat se woll'n«.

Das ist einfach falsch. Denn *die da oben* sind eigentlich auch wir alle. Jeder von uns kann theoretisch ein *die da oben* werden. Man kann Bürgerversammlungen in seinem Stadtteil besuchen, sich an Initiativen beteiligen, in eine Partei eintreten oder eine gründen – ist das etwa nichts?

Selbstverständlich weiß ich auch, dass der eigene Einfluss auf »das große Ganze« immer relativ gesehen werden muss. Ja, es spielt zunächst mal keine Rolle für den Weltfrieden, ob ihr in eurer Straße mit einer gemeinsamen Initiative den Kinderspielplatz vierteljährlich vom Müll befreit. Aber nehmen wir mal an, das macht Schule, und ein paar Stadtteile übernehmen das. Und bald raffen auch die Menschen in anderen Städten, dass keinem ein Zacken aus dem Krönchen bricht, wenn man sich alle drei Monate für ein paar Stunden nach Pappbechern und Coladosen bückt, mit dem Rechen durch den Sandkasten läuft und ein paar Büsche zurechtschneidet. Und irgendwann macht das gesamte Bundesland mit, was zur Folge hat, dass die Kinder in ganz Nordrhein-Westfalen auf sauberen Spielplätzen spielen. Denkst du nicht, dass das auch einen Effekt auf die Kinder hat? Und auf die Eltern, die Umwelt, das Lebensgefühl?

Ich hab das nicht zufällig als Beispiel gewählt, denn dazu gibt es ein Vorbild: 1949 hat der Münchner Oberbürgermeister Thomas Wimmer zum gemeinsamen »Rama dama« aufgerufen – also bayerisch für »Räumen tun wir«. Damals ging es natürlich eher um den Schutt, der sich nach dem Krieg überall in der Stadt aufgetürmt hatte. Die Münchner Bevölkerung hat sich mitreißen lassen und losgelegt, und mittendrin stand der Bürgermeister selbst mit einer Schaufel und hat mitgemacht. Das führte letztlich dazu, dass der Begriff heute in ganz Bayern bekannt ist, und nach wie vor packen mehrmals pro Jahr Ehrenamtliche in den Städten und Gemeinden gemeinsam an, um aufzuräumen: Wälder, Wiesen, Spielplätze, Flussufer und andere öffentliche Plätze werden regelmäßig nach der Schneeschmelze und dann noch einmal im Herbst gereinigt. In München werden die Ramadamas inzwischen von der Abfallwirtschaft der Stadt organisiert, damit der Müll dann auch fachgerecht abtransportiert und weiterverwertet werden kann.

Oder wer erinnert sich noch an die Ice Bucket Challenge? Natürlich haben sich da viele einfach nur einen Kübel kaltes Wasser über die Birne gekippt, weil sie eben auch mit dabei sein wollten, ohne zu raffen, dass das eigentlich eine Aufmerksamkeits-Kampagne für die Nervenkrankheit Amyotrophe Lateralsklerose (ALS) war. Daraus aber zu schließen, dass deswegen die ganze Aktion für'n Arsch war und so was »eh nix bringt«, ist halt einfach saudumm. Denn die ganze Aktion hat dazu geführt, dass sich die Spendeneinnahmen der ALS Association von 2,1 Millionen auf 41,8 Millionen US-Dollar erhöht haben – innerhalb eines Jahres!

Von mir aus können sich da total gerne hunderttausend Trittbrettfahrer mit Eiswürfeln duschen, ohne auch nur den Funken einer Ahnung zu haben, wer oder was ein ALS ist, wenn dabei so viel rauskommt.

Oder nimm Aktionen aus unserer Community wie »Loot für die Welt« oder »Friendly Fire«. Vereinfacht gesagt, zocken wir da rund um die Uhr, streamen das live, und währenddessen wird gespendet. Bei unserem letzten »Loot« haben wir 239 000 € gesammelt und damit Die Tafel, das SOS-Kinderdorf und das Tierheim Berlin unterstützt. »Friendly Fire« hat 2017 über 640 000 € für gemeinnützige Zwecke gesammelt.

Viele, viele Einzelpersonen haben – jeder für sich – entschieden, was zu spenden. Und alles zusammengenommen ergaben sich dann diese riesigen Summen. Also kann mir niemand erzählen, dass der Einzelne keinen Unterschied macht. Das ist logisch, mathematisch und nebenbei bemerkt auch moralisch voll daneben.

Damit will ich die vielen Probleme und Wahnsinnigkeiten, mit denen wir Menschen uns tagtäglich weltweit das Leben schwer machen, natürlich nicht verharmlosen. Gerade in meinem Job bekomme ich genug davon mit, was alles schiefläuft, und an manchen Tagen hock ich dann an meinem Schreibtisch, zerdrück mir mit beiden Händen das Gesicht, bis ich aussehe wie ein Putzerfisch, und denk dabei: »Sind die denn alle bekloppt?«

Wenn ich höre, was die National Rifle Association in den USA so an hetzerischem Hass raushaut, wenn Putin wieder mal etwas kaltblütig abstreitet, wenn die Regierung in Polen meint, einen

Beitrag am Holocaust relativieren zu müssen, dann kotzt mich das alles massiv an. Und gleichzeitig weiß ich auch, dass es uns nicht weiterbringt, wenn jeder in seinem eigenen Frust und Weltschmerz versinkt.

Dann muss ich mich eben wieder und wieder aufraffen, an meinem Video weiterschneiden, das Ding hochladen und in den Diskussionen versuchen, die Leute weiter zu erreichen. Wenn dann wieder ein paar Menschen mehr mit dem Nachdenken anfangen, ist das schon viel wert.

Hey, vielleicht wird das Mädchen, das mir heute geschrieben hat, dass sie wegen mir zum ersten Mal wählen gegangen ist, irgendwann Bundeskanzlerin. Weiß man's?

Ich hab schon den Eindruck, dass sich weltweit etwas tut, und das hat für mich ganz viel mit den jüngeren Generationen zu tun. Wir sind ja schon mit viel mehr Aufmerksamkeit für die Umwelt aufgewachsen als die Generationen vor uns. Natürlich ist nicht jeder von uns gleich losgerannt, um mit Sea Shepherd gegen Walfänger zu kämpfen, aber so insgesamt haben wir schon ein anderes Verhältnis zum Leben, dem Universum und dem ganzen Rest als unsere Eltern oder Großeltern.

Durch die Medien sind wir zum einen ganz anders informiert als die Menschen noch vor zwanzig Jahren. Aber nicht nur die Informationsbeschaffung geht heute viel schneller, auch der Austausch untereinander hat kaum mehr zeitliche und geografische Grenzen.

An den Schülern aus Parkland in Florida sieht man auch, wie clever diese Generation mit Social Media umgeht, um damit gute, richtige und wichtige Impulse zu setzen. Da wird einer der Akteure von so einer Fox-News-Tussi blöd angemacht und postet einfach eine Liste ihrer Werbekunden. Schwupps hat der Sender zwanzig Firmen weniger, die dort Werbung schalten. Wie immer kann man auch darüber diskutieren, welche potenziellen Probleme durch diese Möglichkeit der Beeinflussung entstehen. Aber was ich damit sagen will, ist, dass die jungen Leute das einfach gerafft haben und jetzt für sich und ihre Ziele gekonnt einsetzen.

Ich glaube ja, dass das offensichtliche Scharfmacher-Gebrüll einer Frau von Storch oder eines Trump nicht mehr so lange funktionieren wird. Die kommenden Generationen gehen immer kritischer mit Social Media um und haben längst begriffen, was Echokammern und Filterblasen so anstellen können. Und wenn es dann noch mit der Medienkompetenz im Schulunterricht aufwärtsgeht, bin ich recht optimistisch, dass Fake News und Hate Speech mittelfristig zumindest zurückgedrängt werden können. Ich kann das nicht wirklich belegen, das ist eher so ein Bauchgefühl, das sich aus den Interaktionen mit meinen Zuschauern speist.

Ich weiß, dass viele über die »jungen Leute« jammern, und auch wenn ich selbst noch irgendwie dazugehöre, hatte auch ich in der Vergangenheit hin und wieder die Sorge, dass hier ein antriebsloser Haufen Bequemlinge heranwächst.

Dazu würde ich jetzt auch so verdammt gerne dieses Zitat anbringen, welches gern dem ehrwürdigen Sokrates aus dem 4. Jahrhundert vor Christus zugeschrieben wird: *Die Jugend liebt heutzutage den Luxus. Sie hat schlechte Manieren, verachtet die Autorität, hat keinen Respekt vor älteren Leuten und schwatzt, wo sie arbeiten soll. Die jungen Leute stehen nicht mehr auf, wenn Ältere das Zimmer betreten. Sie widersprechen ihren Eltern, schwadronieren in der Gesellschaft, verschlingen bei Tisch die Süßspeisen, legen die Beine übereinander und tyrannisieren ihre Lehrer.*

Damit kann man so schön zeigen, dass die ältere Generation immer schon über die Jugend gemeckert hat, und das nicht einmal besonders variationsreich. Schade ist halt nur, dass das Zitat gar nicht von Sokrates stammt und auch nicht von Platon, wie andere behaupten. Es ist auch nicht so geil alt, wie erhofft, sondern stammt von einem Studenten namens John Freeman von der Uni Cambridge aus dem Jahr 1907. Er hat da auch niemanden direkt zitiert, sondern nur ein paar Beschwerden über die Jugend aus der Zeit der Antike in eigenen Worten zusammengefasst. Ja, nicht einmal mehr auf die schlauen Sprüche der alten Griechen kann man sich verlassen, seit es dieses verdammte Internet gibt!

Der großartige »Quote Investigator« Garson O'Toole ist bei international bekannten Zitaten übrigens die richtige Anlaufstelle. Auf seiner gleichnamigen Website erfahren 4,6 Millionen Menschen pro Jahr, welcher berühmte Spruch von wem (nicht) stammt. Auf den Ursprung dieses vermeintlichen Sokrates-Zitats kam er mithilfe der Inhaltssuche von Google Books.

Zumindest meine Angst vor einer vermeintlichen *Generation Sofa* hat sich in den letzten zwei Jahren in Luft aufgelöst. Den älteren Semestern, die dauernd herumgemeckert haben, dass heutzutage keiner mehr auf die Straße geht wie sie anno '68, kann man jetzt zum Beispiel ganz entspannt die Parkland-Schüler mit ihrer #MarchForOurLives-Bewegung entgegenhalten: Die haben in kürzester Zeit die ganze Nummer aus dem Boden gestampft, viele Unterstützer gewonnen, und im März 2018 gab es Kundgebungen in allen 50 US-Bundesstaaten mit 800000 Teilnehmern allein in Washington.

Papst Franziskus hat es kurz darauf gut zusammengefasst: »Liebe junge Leute, ihr habt es in euch, zu rufen, auch wenn wir älteren Menschen und Führer sehr oft korrupt schweigen.«

Das hätte der damalige Papst auch den jungen Protestlern 1968 zurufen können.

Solange es junge Leute gibt, geht auch was vorwärts. Und noch zähle ich mich ja irgendwie dazu.

Wie du gerade richtig gesagt hast: Mit 31 Jahren gehörst du zwar noch zur jüngeren Generation, bist aber eben auch schon ziemlich erwachsen. Wenn der zwölfjährige Flo den großen Flo sehen würde, was würde er denken?

Das Erste wäre: Scheiße, krass, es hat wirklich geklappt. Du verdienst dein Geld mit Videospielen! Also, das ist schon ziemlich cool. Da würde ich mir sicher auch als Zwölfjähriger mal ein High five geben.

Moment mal, da fällt mir ein: Ich hab so was Ähnliches erlebt wie deine Frage – nur andersherum! Vor Kurzem hab ich nämlich meine alte Abizeitung gefunden. Da hat jeder reingeschrieben, was er gerne erreichen möchte. Und bei mir stand:

Niemals Stillstand. Ich will viel erreichen, irgendwie Karriere machen, das Leben in vollen Zügen genießen und so viel von der Welt sehen wie nur möglich.

Das hab ich gelesen und dachte mir: »Nice. Hat funktioniert.«